KB078620

FUSION FANTASTIC STORY

푸른 하늘 장편 소설

재중 귀환록 10

푸른 하늘 장편 소설

초판 1쇄 찍은 날 § 2014년 12월 10일
초판 1쇄 펴낸 날 § 2014년 12월 17일

지은이 § 푸른 하늘
펴낸이 § 서경석

편집부장 § 권태완
편집책임 § 박가연

펴낸곳 § 도서출판 청어람
등록번호 § 제387-1999-000006호
등록일자 § 1999. 5. 31
어람번호 § 제1-2000호

주소 § 경기도 부천시 원미구 부일로 483번길 40 서경B/D 3F (우) 420-822
전화 § 032-656-4452팩스 § 032-656-4453
http://www.chungeoram.com
E-mail § chungeorambook@daum.net

ISBN 979-11-04-90017-4 04810
ISBN 979-11-5681-939-4 (세트)

The Record of Dragon's Return

보이지 않는 지배자

푸른 하늘 장편 소설

FUSION FANTASTIC STORY

CONTENTS

Chapter 01
뜻하지 않은 변수

쐐애애애애액!!

재중이 중간쯤 내려가고 있을 때일까?

갑자기 바람을 찢으면서 빠르게 날아오는 화살들이 보였다.

정확하게 재중에게 떨어지는 낙하 속도까지 계산한 궤적으로 보였다.

하나는 재중의 심장을, 다른 하나는 재중의 머리를 겨냥하고 있다.

하지만 무섭게 날아오는 화살에도 굳이 재중이 움직일

필요는 없었다.

착~!

어느새 그림자가 늘어나듯 뻗어 나와 공중에서 화살을 낚아채더니,

핑! 핑!

날아온 방향으로 정확하게 되돌려 보냈으니 말이다.

—생각보다 반응이 빠른 것 같은데요, 마스터.

테라가 재중의 그림자 속에서 얼굴만 슬쩍 내밀고 말했다.

재중은 대답 대신 희미하게 미소를 지었다.

이건 반응이 빠른 것을 떠나 아미파의 대처가 너무나 살벌했으니 말이다.

정확하게 재중의 심장과 머리를 노리고 날아온 화살이었다.

그를 통해 얼마나 대단한 실력을 가진 궁수가 화살을 날렸는지 짐작할 수 있었다.

하지만 핵심은 그게 아니었다.

문답무용(問答無用).

한마디로 왜 들어왔는지, 어떻게 들어왔는지, 어째서 절

벽에서 떨어지고 있었는지 따지지 않았다.

그냥 들어온다는 것 자체에 죽음을 내리는 듯, 치명적인 곳만 노리고 화살을 날렸다는 것이 문제였다.

아미파는 대(大)문파이다.

그리고 대문파의 특성은 바로 사람의 왕래가 빈번하다는 것이다.

하지만 지금 재중을 향해 화살을 쏜 아미파의 반응은 절대적인 접근 금지, 또는 들어온 순간 무조건 죽이겠다는 의사 표현임이 분명했다.

그것을 분명히 느낄 수 있는 화살이었으니 말이다.

사실 아미파의 장문인이 있는 곳이 절벽이라는 것부터가 조금 이상하긴 했다.

절벽이라 함은 사람의 접근이 힘든 특이한 구조인 것이다.

하지만 설마 이런 반응을 보일 것이라고는 재중도 전혀 예상하지 못한 상황이었다.

그래서일까?

떨어지는 이 순간에도 재중의 시선은 아래쪽을 향해 있었다.

씨익~

푹! 푹!

테라가 재중의 그림자를 조종해서 되돌려 보낸 화살이 정확하게 궁수의 목에 박혔다.

그 장면을 본 재중의 미소가 조금 더 짙어졌다.

"궁금해."

—네?

갑작스런 재중의 말에 테라가 의아함을 표시했다.

하지만 이미 재중의 발은 아미파의 건물 지붕에 닿아 있었기에 대답을 듣지는 못했다.

샤샤샤샤샷!! 사삭!!

아니, 들을 수가 없었다.

재중의 발이 지붕 기와에 닿는 순간, 정확하게 재중의 앞과 뒤, 그리고 양옆에서 도검을 세워 든 네 명의 검수가 달려들었으니 말이다.

그리고 그런 검수들을 본 재중은 다시 혼잣말처럼 중얼거렸다.

"반응이 너무 빠르군."

하지만 빠르다는 말과 달리 재중에게서 당황하는 기색따위는 보이지 않았다.

오히려 재중은 이미 주먹을 움켜쥐면서 몸을 살짝 웅크려 작게 만들고 있는 중이다.

사악!!

빨랐다.

아니, 이건 빠르다고 말하기도 무색할 정도였다.

한줄기 빛과 같은 번쩍임이 일어나는 순간, 네 자루의 도검이 재중을 향해 찔러들어 오고 있었다.

하지만 빛과 같은 빠르기로 찔러들어 온 도검은 하나도 재중의 옷깃조차 스치지 못했다.

마치 겁에 질려 웅크린 모습을 연상시키던 재중이 한순간에 검수들의 눈앞에서 사라졌으니 말이다.

그리고 다음 순간, 재중은 검수들과 몇 미터나 떨어진 곳에 모습을 드러냈다.

네 명의 검수 중 하나가 그런 재중을 확인한 듯 검을 거둬들였다.

척!

이어 재중을 처음 발견한 검수가 리더 역할을 하는 듯 순식간에 방향을 바꾸자, 다른 검수들도 조금의 당황함이나 망설임 없이 옆으로 퍼지듯 흩어졌다.

그리곤 또다시 재중을 향해 뛰어들었다.

"검진(劍陣)이었군."

네 명의 검수가 너무나도 빠르고 정확하며 한 치의 흔들림도 없이 움직인다.

그 모습을 본 재중은 알아차릴 수밖에 없었다.

중국에서 검으로 둘째가라면 서러운 아미파가 아닌가?

당연히 아미파에도 검으로 진법을 이루어 공격과 방어를 하는 방법이 있다.

다만 재중이 실제로 본 것은 처음이기에 알아채는 것이 살짝 늦었을 뿐이다.

지금 검수들이 재중을 향해 뛰어든 검진은 아미파에서도 아는 사람이 몇 없는 사검진(四劍陣)이었다.

하지만 사람들은 이 검진의 본래 이름인 사검진(四劍陣)이 아니라 달리 사검진(死劍陳)이라 부르곤 했다.

검진의 위력에 비해 검진을 이루는 네 명이라는 숫자가 적거나 허술해 보이는 것이 사실이었다.

하지만 사검진은 검진을 움직이는 검수 개개인이 고수에 이르렀다면 그 어떤 검진과 겨뤄도 결코 뒤지지 않는 효과를 발한다.

오죽하면 이름마저 바꿔 사검진(死劍陣)이라고 부르겠는가.

그럴 만한 이유가 있었다.

일격필살(一激必殺).

검진이라면 반드시 갖춰야 할 공격과 방어 중에서 특이하게 방어가 없는 검진.

그것이 바로 사검진이었다.

네 명이서 너 죽고 나 죽자는 식으로 오로지 상대를 죽이기 위해서 만들어진 검진이었다.

애초에 방어라는 개념이 없는 검진의 공격이다.

그 공격이 모두 살검(殺劍)이자 동시에 필검(必劍)인 것은 당연했다.

여성의 숫자가 압도적으로 많고 유로 강을 제압하는 검법으로 많이 알려진 아미파다.

그런 아미파의 검진이라고는 도저히 이해가 가지 않을 만큼 필살 검진이었다.

그리고 재중은 방금 첫 번째 공격에서 사검진이 방어를 버린 검진이라는 것을 눈치챈 상태였다.

하지만 너무나 정직한 공격이었기에 재중은 우선 몸을 피했다.

만약 재중이 검진과 검법에 대해서 알았다면 결코 피하지 않았을 것이다.

하지만 첫 공격 때는 검진을 경험한 것이 처음이었기에 피한 것일 뿐이다.

물론 이제 두 번 피할 일은 없었다.

"후훗, 뭐 저 정도면 시험해 볼 만할 것 같은데?"

평소의 재중이라면 당연히 자신의 무력을 믿고 방어는 아예 하지도 않았을 것이다.

왜냐하면 아무리 인간이 강하고 빨라도 결국 인간이니 말이다.

공격이 모두 보이는데 방어한다는 것은 애초에 쓸데없는 짓이다.

느리게 오는 적의 공격보다 빠르게 공격하면 되니 말이다.

그런데 그런 재중이 자세를 잡는 것이 아닌가? 마치 무공을 익힌 무술가처럼 말이다.

―마스터, 그거 천황무잖아요!

테라가 재중의 자세를 보고는 한 번에 무엇인지 알아보고 말했다.

"무공은 무공으로 상대해 봐야 진정한 가치를 알게 되는 법 아니겠어?"

한마디로 지금 재중은 테라가 가져온 천황무를 처음으로 시험해 보려는 것이다.

일격필살 검진이라 불리는 사검진을 상대로 말이다.

일반적인 사람이 재중과 같은 짓을 한다면 미친 짓이 분명하다.

막 익힌 무공을 이렇게 바로 실전에서 써먹는다니?

그것도 전문가라 할 수 있는 아미파 고수들의 검진을 상대로 말이다.

하지만 재중은 일반적인 사람이 아니었기에 그러한 통념 따위에 개의치 않고 자연스럽게 자세를 잡았다.

그런데 재중이 자세를 잡자 검수들의 움직임도 바뀌기 시작했다.

처음에는 재중의 심장과 목, 머리, 그리고 배를 노리고 들어오던 검수들의 검이 옆으로 퍼져 갔다.

그러면서 공격 범위가 조금 넓어지는 대신 확실하게 죽일 수 있는 것으로 바뀌었다.

깡~

하지만 그뿐이었다.

검수들의 검 놀림이 바뀌고 공격은 더욱 강해졌다.

하지만 그런 공격조차 재중의 손가락질 한 번에 끝나 버렸다.

재중이 손가락으로 검면을 튕기자, 재중을 향해 뛰어들던 검수 네 명 모두 달려들던 속도보다 더 빠른 속도로 튕기듯 날려가 버린 것이다.

"음, 뭐 괜찮네."

불과 0.5초 정도일까?

검수들의 사검진이 재중을 향해 동시에 찔러들어 오는 그 짧은 순간이었다.

재중의 손에서 마치 춤을 추는 듯한 수법이 펼쳐졌다.

천황무 중 검면을 쳐서 검의 방향을 바꾸는 유수(柳輸)의 법(法)이었다.

다만 본래 유수의 법과 다른 점이라면 천황무에 쓰여진 대로 손바닥이 아닌 손가락의 가벼운 동작만으로 검수들의 검 옆면을 튕겨내 버린 것이다.

마치 검수들의 검이 재중의 손가락에 빨려들어 가는 것 같은 착각이 들 정도로 자연스러웠다.

그리고 그런 재중의 몸놀림을 검수들도 알아차린 듯했다.

비록 검수들이 튕겨 나가긴 했지만 별다른 충격을 입지는 않았다.

하지만 그럼에도 불구하고 지금까지와 달리 재중에게 쉽게 달려들지 못하고 있다.

까딱까딱.

바로 달려들 것으로 생각했던 검수들이 이번에는 그저 둘러싼 채 눈치만 보고 있자 외려 재중이 그들을 향해 도발하듯 손가락을 까닥거리면서 움직였다.

하지만 검수들은 경험이 많은 것인지 재중의 도발에도 눈썹 하나 까딱하지 않는다.

그런 검수들의 모습에 재중은 입가에 미소를 지었다.

"뭐, 그쪽에서 오지 않는다면야 내가 가면 되지."

탁!

몇 번이나 허점을 보이면서 도발까지 해도 움직이지 않는다.

그렇다면 그다음엔 재중이 먼저 움직이는 것이 어쩌면 당연했다.

어차피 재중에게는 이 녀석들과 씨름하고 있을 시간이 없었으니 말이다.

천황무를 써보고 싶은 마음에 한 번 상대해 줬을 뿐이었다.

재중의 본래 목적은 장문인을 잡고 농성하는 것이고, 그러기 위해서는 빨리 장문인을 찾아야만 했다.

이런 문지기 녀석들을 상대로 시간을 허비하고 있을 여유가 없었다.

"……!"

그리고 그런 재중의 움직임에 걸린 재수없는 검수는 바로 재중의 정면에 있던 녀석이다.

그는 재중의 몸이 흐릿해지는 것을 알아챈 순간 심장에 짜릿함을 느꼈고, 그것으로 끝이었다.

"하트 브레이크."

보통 권투에서 사용되는 기술이다.

심장에 정확한 힘으로 충격을 줘서 심장을 정지시키는

것이 바로 이 하트 브레이크인데 재중은 그걸 아무렇지도 않게 사용한 것이다.

그것도 아미파에서 고수로 알려진 상대에게 말이다.

털썩!

허무할 만큼 어이없는 죽음이었다.

무공을 배운 사람이, 그것도 아미파에서도 고수로 알려진 사검진의 검수가 맨주먹 일격에 죽어버렸다.

가슴이 정확하게 재중의 주먹 크기만큼 함몰된 채로 말이다.

씨익~

그리고 재중이 입가에 미소를 그리면서 그 옆의 검수를 보자,

오싹!

남은 세 명의 검수는 어깨를 짓누르는 무거운 느낌과 함께 눈동자가 떨리는 오한을 느껴야만 했다.

무섭다.

남은 검수 셋이 재중을 보고 직감적으로 느낀 점이다.

강하다거나 대단하다는 것이 아니다.

검수가 공포를 느낀 것이다.

하지만 그들에게는 그 공포를 체험할 기회조차 주어지지 않았다.

그들은 재중과 검을 겨루기는커녕 근처도 가보지 못하고 사라져 버렸다.

재중의 몸에서 뻗어 나온 그림자 속으로 말이다.

"훗."

재중은 자신의 그림자를 움직인 테라를 보고는 그냥 웃고 말았다.

평소 자신의 싸움에 누군가 끼어드는 것을 싫어하는 재중이다.

하지만 지금 재중에게는 그런 자존심보다 급한 일이 있었다.

일의 효율성을 따지면 장문인이 숨기 전에 찾아내는 것이 중요하다는 것쯤은 알고 있었고, 그 정도의 상황도 파악 못하고 화낼 만큼 생각이 짧지도 않았다.

"테라, 장문인의 위치는?"

절벽에서 떨어지면서 궁수를 처리했다.

그리고 방금 사검진의 검수 네 명까지 처리하고 나자 더 이상 주변에 크게 움직임이 잡히는 것이 없었다.

그래서 재중은 이것이 끝이라고 생각했다.

아니, 사실 이건 재중이기에 가능한 상황이라는 것을 본인만 인지하지 못하고 있었다.

떨어지는 사람의 머리와 심장을 겨눠서 맞추는 실력을 가진 궁수 두 명에 일격필살의 동귀어진에 가까운 검진을 구사하는 사검진 검수 네 명이 지키고 있는 아미파이다.

그런데 그런 곳에 진입해서 불과 몇 분 되지도 않는 시간에 그들을 모두 처리하고 조용히 문파 내로 들어올 사람이 몇이나 될까?

재중이기에 가능한 상황이다.

그런데 발걸음을 옮기던 재중이 문득 저 멀리 보이는 卍[만]자를 발견했다.

그제서야 재중은 아미파가 소림사와 같은 불교를 믿는 문파라는 것이 기억났다.

기본적으로 불교는 살생을 최대 금기로 하는 곳이 아닌가?

그런데 어찌 된 일인지 재중은 아미파에 접근하는 순간부터 죽음의 위협을 당했다.

불교를 중심으로 만들어진 아미파라고 하기에는 뭔가 이상하다.

재중은 그제야 주변을 주의 깊게 살펴보다가 테라를 불렀다.

"테라."

—네? 장문인의 위치는 저기인데, 왜 그러세요, 마스터?

테라는 갑자기 재중이 걸음을 멈추고 주변을 살피는 모습에 되물었다.

"아미파가 불교에서 시작된 문파라고 했지?"

—네. 아마 웬만한 사람은 다 알걸요, 그건.

"그럼 불교에서는 침입자든 아니든 우선 죽이고 보던가?"

—어라? 그러고 보니…….

테라도 그제야 자신들이 찾아온 아미파가 불교 문파라는 것을 기억해 냈다.

워낙에 난전을 많이 겪었고 누가 앞을 막으면 부숴 버리는 단순한 방식을 취해온 재중과 테라다.

그래서 현재 아미파의 이상한 상황을 처음에는 모르고 있었다.

하지만 뭔가 어색함을 느낀 재중이 계속 생각하다 왜 그런 건지 이유를 깨닫게 된 것이다.

불교를 기본으로 하고 있지만 무림의 한 축을 담당하던 아미파다.

그렇기에 완전히 살생을 하지 않는다는 것은 사실상 말도 안 되는 이야기라는 것을 재중도 알고 있긴 했다.

하지만 이처럼 문답무용으로 무조건 죽이고 보자는 식으

로 공격한다는 것은 당연히 이상할 수밖에 없었다.

거기다 이상한 점은 거기서 끝이 아니었다.

주변을 살펴보니 꽤 많은 건물이 있는 것에 비해 사람의 기척은 너무나도 적었다.

"테라."

—네, 마스터.

"아미파에 대한 정보가 쓰인 날짜가 언제지?"

아미파의 현 상황이 너무나 이상한 데다 절벽에 지어진 저택이라는 위치도 대문파의 지리적 요건과 어긋난다.

정보 자체를 한번 의심해 볼 수밖에 없다.

재중이 의아함을 품고 물어보자 테라가 바로 대답을 내놨다.

—음, 대충 올해 초까지의 정보일 거예요, 마스터. 아미파 자체가 정보를 담당하는 곳이어서 보안 때문인지 삼합회 내에서도 많은 정보가 없는 편이라고 아이린이 말했거든요.

"올해 초라……. 그럼 적어도 지금 이런 이상한 아미파의 모습이 그다지 오래된 건 아니라는 건가?"

—음, 그럴 수도. 아니면 아닐 수도 있어요, 마스터.

아미파의 정보뿐만 아니라 테라는 삼합회 내부의 모든 정보를 아이린에게서 얻고 있었다.

그리고 아이린이 테라에게 주는 정보는 모두 자신이 보고 들은 것들이다.

상황이 이렇다 보니 정보의 정확도가 떨어지는 것은 어쩌면 너무나 당연했다.

삼합회에서 랜필드 가문의 의뢰를 받고 킬러가 움직였던 때도 마찬가지였다.

그때도 킬러가 이미 움직인 뒤에야 아이린이 알아차리고 테라에게 연락한 것이었다.

즉 정보의 정확도와 속도가 느린 편이다.

사실 테라도 그걸 잘 알고 있었다.

그렇기에 이번 기회에 삼합회의 정보를 담당하는 곳을 차지하기 위해 재중이 움직여 주기를 바란 것이다.

하지만 막상 재중이 아미파에 도착해 보니 아이린이 전해준 정보도 왠지 아미파가 만들어낸 가짜 정보일 것 같다는 생각이 들었다.

"느낌이 그다지 좋지 않단 말이야. 이런 고요함과 의외성은."

재중은 뭔가 움직일 때 가능하면 순순히 풀리는 것을 좋아했다.

하지만 세상일이란 생각대로 돌아가지 않는 법이다.

지금처럼 들은 정보와 실제 현실이 다른 경우를 종종 경험하긴 했다.

그런데 지금 재중이 눈살을 찌푸리는 것은 따로 이유가 있다.

무슨 징크스인지 몰라도 이렇게 정보와 다른 현장에 오게 되면 꼭 생각처럼 일이 풀리지 않는 경우가 대부분이었다는 것을 기억해 냈기 때문이다.

—마스터, 혹시나 모르니 두 번째 작전도 미리 준비해 둬야 할까요?

테라도 지금 재중의 생각을 잘 알고 있기에 조용히 물어봤다.

"뭐, 두 번째 작전은 그다지 내키진 않지만 상황에 따라 어쩔 수 없다면야……. 미리 준비해 둬라."

—네, 마스터.

재중의 허락이 떨어지길 기다렸는지 테라가 입가에 미소를 지었다.

사실 오늘 아미파에 오기 전에 여러 가지 작전을 짜뒀었다.

그리고 테라가 생각해 낸 작전이 원래 작전이었다.

하지만 재중이 안전성과 변수에 대처하기 편하다는 이유로 자신이 아미파의 장문인을 붙잡고 농성을 벌인다는 것으로 계획을 변경한 것이다.

"아피마의 장문인을 만나보면 이 모든 궁금증이 풀리겠지."

—네, 바로 안내할게요, 마스터.

비록 의문은 들지만 어차피 원래 목적인 아미파의 장문인만 찾는다면 모두 해결될 문제다.

재중이 발을 옮기자 테라는 다시 재중의 그림자를 움직여 내비게이션처럼 방향을 안내하기 시작했다.

정확한 테라의 안내 때문인지 재중은 의외로 빨리 장문인을 찾을 수가 있었다.

한데 정작 장문인을 찾은 재중은 난감한 표정을 지을 수밖에 없었다.

"…갇혀 있는 장문인이라……."

Chapter 02
새장 속의 새

—이건 저도 듣지 못한 정보예요, 마스터.

테라도 재중도 당황할 수밖에 없었다.

아미파에서 가장 높은 나무로 만든 탑 꼭대기에 장문인이 있다는 테라의 안내에 따른 재중이다.

한데 목적지에 도착한 재중이 본 것은 검은색의 두꺼운 창살로 만들어진 감옥 같은 곳에 갇혀 있는 장문인이었으니 말이다.

누가 봐도 아미파를 호령하고 움직이는 장문인이 있을 곳은 아니었다.

"쩝, 꼬였군."

장문인이 갇혀 있는 모습을 본 재중은 자신의 작전이 꼬여 버렸다는 것을 깨달았다.

재중은 그 순간 모든 작전이 물거품이 될 가능성을 느꼈다.

그리고 자신이 붙잡고 농성을 벌여야 할 장문인이 오히려 아미파에 갇혀 있다는 사실 자체에 머릿속이 복잡해져 왔다.

이건 너무나 의외의 상황이다.

설마 아미파의 장문인이 아미파 내에 갇혀 있을 줄 그 누가 상상이나 했겠는가?

재중도 보고는 고개를 흔들 수밖에 없었다.

—마스터, 어쩌죠?

아미파 내에 갇혀 있는 장문인은 더 이상 인질로서의 가치가 없었기에 재중이 고개를 작게 흔들었다.

나오는 것은 한숨뿐이었다.

테라가 물었지만 재중도 당장 뭐라고 대답하지를 못하고 있을 정도로 말이다.

"두 번째 작전으로 가야 하나?"

재중이 나직하게 말했다.

하지만 처음과 달리 테라가 난감한 표정을 짓는 것이 아닌가?

—마스터, 이러면 두 번째 작전을 실행해도 의미가 없을 수 있어요.

테라의 조용한 말에 재중이 현재 상황을 새삼 하나씩 떠올려 봤다.

창살 속에 갇혀 잠들어 있는 장문인과 지금 자신이 직접 보고 느낀 절벽에 지어진 아미파의 모습을 말이다.

곰곰이 생각해 볼수록 테라의 말이 이해가 되는 재중이다.

"어쩌면 이곳은 아미파에서 장문인을 가둬두기 위한 감옥으로 만들었을지도 모른다는 생각이지?"

재중이 자신의 생각을 말하자 테라는 기다렸다는 듯 고개를 끄덕였다.

—마스터께서도 아시다시피 대륙에서도 귀족 중에 고위 귀족의 경우 별도로 구금하기 위해 성을 지었었죠. 그런 시설이 이곳 지구라고 없으라는 법은 없으니까요.

재중은 테라도 자신과 같은 생각이자 고개를 끄덕이면서 말했다.

"거기다 장문인이라면 아미파에서 이런 커다란 장원을 지어 가둬둘 가치는 충분하고 말이야."

—네. 그런데 핵심은 삼합회에서도 지금 아미파의 이런

상황을 전혀 모르고 있는 것 같아요.

삼합회에서 지위가 올라가서인지 나름 고급 정보를 접하는 아이린이었다.

그러나 그런 그녀조차도 아미파의 장문인이 이런 절벽 밑에 구금되어 있다는 것을 전혀 모르고 있었으니 말이다.

"골치 아픈데……."

장문인이 인질로서 가치가 없다는 것부터 이미 꼬여 버린 상황이다.

그런데 그것만이 아니다.

나름 복잡하게 찾아온 곳이 예상과는 달리 아미파의 본거지가 아니라 그저 장문인을 가둬두기 위해 지어진 장원일 가능성이 보였다.

여기서 테라의 두 번째 작전도 사실상 무용지물이 되어 버렸다.

애초 두 번째 계획은 이랬다.

아미파의 본거지에 미티어 스트라이크를 한 방 날려서 정신 못 차리게 한다.

그다음 정리가 될 때쯤 한 번 더 미티어 스트라이크를 날려 어떻게든 일주일을 버티는 것이었다.

하지만 이곳이 실질적으로 삼합회의 정보를 모두 담당하는 아미파의 본거지가 아니라면 애초에 쓸모없는 계획이었다.

당장 두 번째 작전대로 이곳에 미티어 스트라이크를 때려 봐야 가둬둔 장문인이 사고로 죽어버리는 상황을 만들어 아미파에 도움을 주는 꼴밖에 되지 않는 상황이인 것이다.

죽 쒀서 개 주는 것은 테라의 성격상 절대로 할 수 없었다.

"별수 없지."

자신들이 세운 모든 작전이 무용지물이 되어버린 변수 앞에서, 재중은 어쩔 수 없이 임기응변으로 행동하기로 했다.

그리고 그 첫 번째로 우선 지금 잠들어 있는 아미파의 장문인을 깨워서 물어볼 생각이다.

상황이 어떻게 돌아가는지 알아야 최소한 움직일 방향을 정할 수 있다.

아니면 지금처럼 아이린이 주는 적당한 정보에서 만족한다는 결정을 내릴 수 있었다.

덥석.

재중은 서슴없이 웬만한 철봉 두께만 한 두꺼운 창살을 맨손으로 잡더니,

끼이이이익! 털컹!!

마치 신문지를 찢듯 가볍게 양손으로 찢어버렸다.

"누구예요!!"

쇠창살이 찢어지는 소리에 잠들어 있던 장문인이 깨어난 것은 당연했다.

그런데 깨어난 장문인과 눈이 마주친 재중은 순간 알아차릴 수 있었다.

"무공을 익히지 않은 아미파의 장문인이라……. 나 참, 갈수록 태산이군."

사람의 오라를 볼 수 있는 재중은 그 누구보다 정확하게 무공을 익힌 사람과 평범한 사람을 구분할 수 있었다.

그런데 갈수록 태산이라고 했던가?

잠들어 있을 때는 오라가 활발하게 움직이지 않아서 알지 못했다.

하지만 깨어난 장문인의 몸에서 뿜어져 나오는 오라를 본 재중은 그가 무공을 전혀 익히지 않았다는 것을 단번에 알아차렸다.

거기다 고개를 든 그의 얼굴은 테라가 보여준 사진보다 더 어리기까지 했다.

"테라."

—네, 마스터.

"아미파의 장문인이 미성년자라는 것은 몰랐지?"

—네. 이건 정보의 정확도가 얼마나 중요한 것인지 새삼 깨닫게 되는 상황이에요, 마스터.

딱 봐도 열여섯 살? 아니, 많이 봐도 열일곱 살 정도의 앳된 소녀가 놀란 눈으로 재중을 쳐다보고 있다.

"누, 누구세요!!"

쇠창살을 찢고 들어온 재중을 본 장문인은 겁에 질린 표정으로 재중을 쳐다보면서 소리쳤다.

하지만 그녀의 목소리는 이미 심하게 떨리고 있어서 별다른 위협이 되지 않았다.

애초에 위협을 당할 재중도 아니지만 말이다.

"나? 음, 너, 아니, 아미파의 장문인에게 들어야 할 이야기가 아주 많은 사람인데, 쉽게 이야기를 해주려나?"

재중은 변수에 변수가 겹친 지금의 상황에 의욕마저 살짝 시들어가는 중이다.

오로지 남은 것은 왜 삼합회에 알려진 아미파의 모습과 현실의 아미파가 다른지, 장문인에게 그것만 듣고 싶다는 생각뿐이다.

덥석!

그런데 갑자기 겁에 질려 있던 소녀 장문인이 재중을 향해 다가오더니 손을 덥석 잡았다.

"……?"

재중은 갑작스런 상황에 고개를 갸웃거렸다.

하지만 장문인 소녀는 처음의 겁에 질린 눈동자는 여전했지만 재중의 손을 잡은 손에는 더욱 힘이 들어갔다.

그 모습에 재중이 잠시 그녀를 쳐다보았다.

"예언이 사실이었군요."

"예언?"

뜬금없는 말에 재중이 되묻자,

"네, 예언이요. 예언자께서는 모르시겠지만 아미파의 장문인에게 전해지는 예언이 하나 있는데 그날이 오늘이에요. 그리고 오늘 찾아온 당신이 예언자시구요."

"……."

졸지에 예언자가 되어버린 재중이 황당한 표정을 지었다.

'테라, 이거 쇼하는 건 아니겠지?'

너무나 어이없는 반응에 재중이 테라에게 물어보자 테라도 당황하긴 했지만 이미 주변을 살핀 상태였다.

—쇼하는 건 아니 것 같아요, 마스터. 하지만 이게 뭔 일이래요? 예언은 뭐고 예언자는 뭐래요?

아미파를 난장판으로 만들기 위해 온 재중은 졸지에 예언자가 되어버렸다.

그것도 장문인들에게만 전해지는 예언자로 말이다.

*　　　*　　　*

"그러니까 내가 700년 전 장문인이던 검후 화련옥이 예언한 예언자라는 말이지?"

"네."

"……."

너무나 진실된 눈빛으로 자신을 보는 모습에 재중은 우선 이야기나 들어보자는 생각으로 질문을 던져 본 터였다.

한데 돌아온 대답이 너무나 황당해서 이걸 믿어야 할지 말아야 할지 쉽게 판단이 가지 않는 상황만 이어지고 있는 중이다.

예전에 검후로 이름 높던 화련옥은 아미파의 장문인이기도 했고 동시에 도문과 불경에 해박한 지식을 가지고 있는 여인이었다고 한다.

거기다 워낙에 머리가 좋아서 천기를 읽고 홍수나 가뭄이 오는 것을 정확하게 예지했다고 한다.

이미 그녀는 아미파 내에서는 전설적인 인물로 통한다는 말이다.

그리고 그 검후 화련옥이 몇 가지 대단한 예언을 했는데, 청일전쟁과 중국의 변화, 그리고 아미파의 위기 등을 예언했다고 한다.

물론 그 예언이 100% 확률로 정확하게 맞아떨어진 것은 두말할 필요도 없었다.

한마디로 노스트라다무스 급의 예언가라는 것이다.

그리고 검후 화련옥의 예언 중에는 놀랍게도 지금의 아미파의 모습도 있다고 한다.

그런데 문제는 그 예언에서 지목한 아미파를 되살릴 예언의 주인공이 바로 재중이라는 것이다.

"그 말대로라면 졸지에 내가 아미파를 재건하게 생겼군."

간단하게 예언을 풀어보면 현재 아미파를 쥐고 흔드는 장로들을 모두 처리하고 아직 미성년자인 이 소녀를 다시 장문인으로 세워 아미파를 바로 세운다는 것이 예언의 핵심이었다.

―마스터, 이거 어쩌면 결과적으로는 더 좋게 된 것 같은데요?

아직 세상 물정 모르는 소녀가 장문인이다.

당연히 재중이 그녀의 전폭적인 지지를 받을 수밖에 없는 상황이었다.

예언자만을 기다리던 그녀 앞에 재중이 나타났으니 말이다.

정말 검후 화련옥이 미래를 보고 그런 예언을 한 것인지는 재중도 확신할 수는 없다.

하지만 재중이 마음만 먹는다면 지금 아미파를 쥐고 흔드는 장로들을 처리하는 것은 그다지 어려운 것이 아니긴 했다.

귀찮게 장문인을 잡고 농성을 벌이는 것이나 미티어 스트라이크를 뿌려대는 것보다 훨씬 간단하게 아미파를 재중 손안에 넣을 수 있는 좋은 상황인 것이다.

재중이 가만히 장문인 소녀를 쳐다보다가 입을 열었다.

"이름이 뭐지?"

"화인입니다."

"화인? 그럼 검후 화련옥의 자손인가?"

대충 이름만 들어도 예상이 되기에 물어보자,

"네."

"역시나."

직계 조상이 예언했으니 오히려 더욱 철석같이 믿었을지도 모른다.

하지만 막상 화인의 말대로 재중이 움직인다고 해도 일이 끝나는 것이 아니다.

아미파를 화인의 품으로 돌려주는 것이 결코 쉬울 리가 없었다.

장로만 처리한다고 끝날 문제가 아니었다.

우선 화인은 열 살 때 장로들의 추천으로 장문인의 자리에 올랐다고 한다.

그리고 현재 화인의 나이가 열일곱 살이라고 했으니 아미파는 무려 칠 년 동안이나 장로들의 손에 움직였다는 말이다.

그럼 칠 년이라는 시간 동안 아미파 내부에 장로들의 손이 닿지 않은 곳이 있을까?

재중이 잠시만 생각해도 아미파 구석구석에 이미 장로들의 손길이 닿아 있는 것은 당연했다.

한마디로 장로만 처리한다고 해서 아미파가 화인의 손에 다시 돌아오는 게 아니라는 말이다.

아미파는 문파이다.

장문인이 세가의 가주와 비슷한 위치에 있긴 하다.

하지만 그렇다고 문파 내에 어떤 절대적인 결정권을 가지고 있지는 않는 편이었다.

물론 적지 않은 영향력을 발휘할 수는 있지만, 그것도 장문인이 힘과 능력이 있을 때나 가능한 이야기다.

어느 날 갑자기 아미파를 움직이던 장로들이 다 사라져 버리고 열일곱 살짜리 무공도 전혀 모르는 일반 소녀가 장문인으로 아미파를 움직인다고 한다.

그때 과연 몇이나 화인을 따를 것인가.

균이 고민하지 않아도 충분히 결과가 예상이 되는 상황이다.

한마디로 재중이 화인의 옆에서 아미파를 움직이는 중심에 서야 한다는 결론이 나온다.

그런 상황에서 재중이 그저 정보를 얻기 쉬워진다는 이유 하나만으로 집어삼키기에는 너무나 큰 아미파였다.

역사와 전통, 그리고 현대화에 발맞춰 많은 개혁이 이뤄진 아미파가 아닌가?

그런 것을 재중이 모두 관리 감독해야 한다는 것은 성격상 맞지 않았다.

만약 재중이 그런 권력과 벼슬을 좋아했다면 균이 지구로 되돌아오지도 않았을 것이다.

애초에 재중은 그런 권력을 싫어하는 성격이고 벼슬이나 감투를 싫어했으니 말이다.

정보를 얻는 대가로 아미파를 직접 움직여야 한다는 조건이 붙는 것은 재중 개인적으로 내키지 않을 수밖에 없었다.

—마스터, 어쩌죠?

테라도 이런 상황엔 재중이 결정을 내리는 대로 움직이는 수밖에 없다.

그렇기에 조용히 물어봤지만 재중도 쉽게 결정을 내릴 수가 없었다.

물론 성격대로라면 그냥 버려두고 갈 수도 있었다.

아미파의 화인이라는 소녀는 어차피 자신과 인연도 없고 이대로 모른 체하면 그만이다.

그런데 화인의 눈동자가 너무나 순수한 것이 재중의 마음에 갈등을 일으키고 있었다.

자신의 의지가 아닌, 어린 나이에 다른 사람들의 욕심에 의해 휘둘린 인생.

그것이 마치 유산 때문에 정태만에게 휘둘렸던 재중 자신의 어린 시절과 너무나 닮아 있는 것이다.

자신과의 동질감, 그것이 지금 냉정한 재중의 발걸음을 붙잡고 있는 유일한 족쇄나 다름없었다.

하지만 아무리 생각해도 아미파를 화인에게 되돌려 주고 옆에서 도와주는 것은 내키지 않았다.

한참을 고민하던 후 재중은 결국 무언가 결정을 내린 듯 조용히 입을 열었다.

"화인 양에게 묻겠어요."

"네."

"당신에게 아미파는 뭐죠?"

"네?"

예상하지 못한 질문을 받아서인지 순간 화인의 표정에 당황이 떠올랐다.

쉽게 무어라 결정을 내리지 못하는 모습이다.

하긴 열 살에 장로들의 손에 의해 장문인의 자리에 올랐다.

그리고 이후로는 대외적으로 장로들이 시키는 대로 웃고 말하고 움직이던 화인이다.

그런 그녀에게 재중의 질문은 머리로는 이해를 하지만 가슴으로는 이해하기 어려운 것이었다.

"그게… 잘 모르겠어요."

거의 10분가량 생각하던 화인은 고개를 숙이면서 기어들어 가는 목소리로 재중의 질문에 대답했다.

하지만 재중은 오히려 화인의 대답에 입가에 미소를 지었다.

"어쩌면 모르는 것이 당연할지도. 다른 세상을 본 적이 없으니까."

그렇다.

화인은 자신의 의지로 아미파 밖으로 나간 적이 단 한 번도 없는 우물 안의 개구리나 마찬가지였다.

철이 들 무렵부터 누군가의 꼭두각시로 장문인 노릇을 하기 시작했으니 말이다.

"화인 양."

재중은 이미 장문인으로서의 자격이 없는 화인을 아미파의 장문인이 아닌, 그저 화인 그녀의 존재만 인지한 듯 이름으로 불렀다.

"네."

"난 아미파에 아무런 생각이 없어요. 그리고 예언인지 뭔지도 모릅니다. 그래서 전 당신을 도와서 아미파를 되찾아 줄 이유도, 의무도 없다는 걸 말하고 싶군요."

"하지만 예언자이시잖아요."

재중의 말을 믿을 수 없다는 듯 눈물까지 흘리면서 재중에게 하소연하는 화인이다.

하지만 그런 눈물에 흔들릴 재중이었다면 이미 예전 길거리 생활에서 죽었을 것이다.

화인은 재중의 말을 받아들일 수 없을지 모르지만, 사실 재중은 그녀를 도와줄 아무런 이유가 없었다.

그럴 수밖에 없는 게 그녀를 도와주는 대가로 재중이 얻는 것은 정보의 정확도와 속도가 조금 올라가는 것 외에는 아무것도 없으니 말이다.

즉, 재중이 움직이는 대가로는 아무런 매력이 없는 것들뿐이다.

"전 예언자가 아닙니다. 그건 화인 양 자신의 생각일 뿐이죠.”

“하지만… 예언은 틀린 적이 없어요. 한 번도.”

뭐랄까, 재중의 존재만 믿고 버텨온 것인지 화인이 급격하게 무너지고 있었다.

그 모습을 본 재중은 가만히 그녀를 바라보다가 다시 입을 열었다.

“하지만 이건 어떤가요?”

스윽~

그러면서 손을 화인의 앞에 내미는 재중이다.

“……?”

화인은 재중이 내민 손의 의미를 모르겠다는 듯 고개를 갸웃거렸다.

“세상을 한번 알고 싶지 않나요? 지금까지 본 적이 없는 것을 보고 싶지는 않나요?”

“그게 무슨……?”

“아미파가 아닌 다른 곳에 가서 살면서 배우고 싶지 않느냐는 말이에요.”

“다른… 곳?”

재중의 뜻밖의 말에 화인의 눈동자가 크게 흔들리기 시작했다.

그녀라고 왜 그런 생각을 해본 적이 없겠는가?

장로들의 손에 이끌려 기계적으로 웃고 말하면서 살아왔다.

하지만 길거리에서 꼬치를 먹는 아이들을 볼 때마다 생각했다.

저건 어떤 맛일까 하고 말이다.

그리고 학교를 가는 친구들과 장난치는 아이들을 보면서도 생각했다.

친구란 어떤 느낌일까 하고 말이다.

화인의 나이는 이제 열일곱 살이다.

하고 싶은 것도, 보고 싶은 것도 많은 나이이다.

그리고 재중은 아미파를 위해서는 도와줄 마음이 없지만, 화인에게는 손을 내밀고 싶은 것이다.

그저 변덕일 수도, 마음이 시키는 것일 수도 있다.

어쨌든 화인 하나를 데리고 있을 능력은 이미 충분한 재중이었기에 마음이 시키는 대로 할 수 있는 것인지도 몰랐다.

"아미파에서 늙고 싶나요?"

재중이 나직하게 물어보자 반사적으로 고개를 세차게 흔든 화인이다.

그녀는 스스로도 고개를 흔들었다는 것에 놀랐는지 몸이 잠시 멈칫거렸다.

"부모님의 유지나 전통은 어차피 부모님의 것이에요. 그걸 화인 양이 억지로 이을 필요는 없어요."

뚝뚝뚝.

화인은 재중의 말에 눈물을 흘리기 시작했다. 많은 고민을 하고 있는 표정이다.

아미파 장문인의 자손이면서 재중의 손을 잡는다면 아미파를 버리고 떠나야 한다는 것은 이미 이해할 나이이다.

그리고 그녀는 본능적으로 알고 있었다.

지금 재중의 손을 잡고 아미파를 떠난다면 언제 다시 돌아올지 알 수 없다.

어쩌면 늙어 죽어도 아미파에 되돌아오지 못할지도 모른다.

하지만 한편으로는 현재의 아미파를 생각해 보게 됐다.

장로들의 손에 움직이는 아미파.

그리고 장문인인 그녀는 그저 인형에 불과하다는 것을 스스로가 잘 알고 있지 않는가?

오죽하면 가장 아랫사람인 신입 문인조차 화인을 보고 인사를 하지 않는 것이 현재 아미파였다.

그조차 모자라 지금은 아예 이런 절벽에 갇히다시피 격리되어 살고 있다.

사람을 만나게 되면 자연스럽게 자아가 강해질 것이고, 그건 인형으로써만 용도가 필요한 장로들에게는 가장 꺼려지는 일이었기에 가둬둔 것이다.

필요할 때만 불려나가는, 투명인간 같은 존재.

자신의 의지로 무엇 하나 할 수 없는 존재.

그것이 바로 아미파 안에서 현재 화인의 존재였던 것이다.

"다시 아미파로 돌아올 수 있나요?"

화인은 눈물 자국이 가득한 얼굴로 재중을 향해 물어보고 있지만, 이미 대답은 스스로도 알고 있는 표정이다.

"어쩌면… 그럴지도… 아닐 수도……."

재중도 굳이 희망을 주는 말보다는 솔직하게 말했다.

화인의 노력에 따라, 그녀의 마음에 따라 다시 아미파로 돌아올 수 있다.

하지만 또 반대로 영원히 돌아오지 못할 수도 있으니 말이다.

"후훗, 잔인하시네요, 예언자께서는."

슬픈 미소를 입가에 그린 화인은 천천히 손을 들어 재중의 손을 잡았다.

그리고 조용히 말했다.

"저를 도와주세요."

아미파가 아닌 자신을 도와달라는 화인이다.

그 말을 들은 재중도 입가에 미소를 그리며 고개를 끄덕였다.

"보고, 듣고, 그리고 배우고 난 뒤에도 아미파가 그립다면 그때는 떠나도 잡지 않을 겁니다."

재중의 말에 화인은 고개를 끄덕였다.

"네."

화인이 따라가겠다고 한 순간 거칠 것 없는 상황이 됐다.

하지만 재중은 문득 왠지 억울한 느낌을 지울 수가 없었다.

그래도 일부러 시간 내서 왔는데 결국 아미파에 아무 영향을 주지 못하고 가게 되었으니 말이다.

화인을 데려가기로 했으니 데려가긴 할 것이다.

그래도 이대로 그냥 조용히 가는 것은 억울한 마음이 들었다.

그렇게 잠시 생각에 빠졌던 재중은 뭔가 좋은 생각이 떠올랐는지 조용히 입가에 미소를 그렸다.

촤라라락!

나노 오리하르콘으로 검을 만들어낸 재중은 화인이 있던 창살을 거침없이 베어버렸다.

스거걱!

댕강! 댕강!!

어떤 재질인지 모르지만 검은색에 보는 것만으로도 단단해 보이던 검은 철창이 재중의 나노 오리하르콘에 쉽게 잘렸다.

물론 재중의 능력이라면 저 정도는 굳이 나노 오리하르콘으로 만든 검이 아닌 일반적인 철검이라도 결과는 같았을 것이다.

하지만 지금 재중은 철창을 자르는 게 목적이 아니었다.

재중은 귀찮은 것을 치우듯 가벼운 발걸음으로 화인이 누워 자던 나무 침대 쪽으로 가더니 거침없이 벽에 검을 휘둘러 글을 쓰기 시작했다.

샤샤삭! 샤샤삭!

마치 검으로 붓글씨를 쓰듯 벽에 부드러운 호선을 그리면서 몇 번 움직이자 마치 기계로 찍은 듯 정교한 글씨가 벽에 남았다.

—화인은 내가 데려간다. 찾고 싶으면 검후 화련옥에게 물어봐.

짧으면서도 그 안에 많은 의미를 담은 짧은 글귀를 남긴 것이다.

사실 이건 재중이 그냥 돌아가기 억울한 마음에 일부러 남긴 글귀였다.

이건 화인이 말한 검후 화련옥의 예언에서 생각해 낸 방법이다.

이렇게 글을 남기면 아무래도 아미파에서는 난리가 날 것이 당연했다.

허수아비 장문인이라도 화인은 아미파의 얼굴이었다.

그런데 그런 얼굴인 화인이 사라져 버렸으니 엄청난 파장이 일 것은 뻔했다.

거기에 재중이 남긴 이 글귀는 사라진 화인을 찾으려는 아미파의 장로들에게 혼돈을 주기에 최고의 아이템이 될 것이 분명했다.

거의 노스트라다무스 급으로 예언을 한 검후 화옥련이 아닌가?

물론 전쟁을 겪으면서 급격하게 변화를 겪은 아미파였다.

시대에 따라 아미파도 현대화되면서 예언의 위력과 의미가 많이 희석되긴 했다.

하지만 그렇다고 풍수지리와 미신을 과하게 믿는 중국인의 뿌리를 무시할 수는 없었다.

재중이 그냥 화인을 데리고 사라지기만 했다면 아미파의 장문인들은 화인을 찾기에 혈안이 되었을 것이다.

한데 재중이 이렇게 검수 화련옥에 대한 글귀를 남겨두는 바람에 장로들이 사라진 화인을 찾기보다 검후 화련옥의 예언을 먼저 찾을 수밖에 없는 상황을 만들어 버렸다.

물론 재중이 뭔가 엄청난 계획을 세우거나 먼 미래를 바라보고 이런 글귀를 남긴 것은 아니었다.

그저 굳이 찾아왔는데 그저 화인만 데리고 그냥 떠나야 하는 것이 억울해서였다.

고생이나 실컷 하라는 생각에 남긴 것이다.

한데 이게 나중에 아미파를 흔드는 계기가 될 것이라고는 이때의 재중은 생각지 못했다.

머리가 흔들리면 자연스럽게 아래도 흔들리는 법이다.

그리고 처음에는 작았던 흔들림도 멀리 가면 그 강도가 세지는 것이 당연한 이치였다.

예를 들어 쓰나미의 시작은 짧은 지진이지만, 그것이 파문이 되어 파도를 타고 멀리 퍼지게 되면 결국 해안을 뒤덮어 버리는 몇십 미터짜리 거대한 벽이 되어 해안을 초토화시키는 것처럼 말이다.

장로들은 느끼지 못할지도 몰랐다.

화인이 사라지면서 잊고 있던 검후 화련옥의 예언이 수면 위로 떠오르고, 그러면서 벌어질 일들이 자신들에게 얼마나 치명적인 문제가 될지 말이다.

Chapter 03
밀입국자

화인을 데리고 나온 재중이 그림자를 통해 공간 이동해서 도착한 곳은 당연히 한국이었다.

처음에는 화인도 재중의 이런 능력에 놀라워했지만, 어째서인지 이내 스스로 납득해 버렸다.

검후 화련옥이 예언한 예언자이기에 가능하다는 식으로 말이다.

사실 재중은 그런 화인의 반응에 뭐라고 말을 해주려고 했지만 그만뒀다.

굳이 자신이 화인에게 자신의 정체를 설명해서 이해시킬

필요가 없었다.

뿐만 아니라 차라리 이런 식으로 재중의 능력을 이해하는 것이 지금의 화인에게는 가장 좋은 방법일지도 몰랐다.

뭐든지 처음이 중요한 법이다.

사람이 사람을 만날 때는 첫인상으로 그 사람이 각인된다.

화인에게 재중이 그림자로 공간을 이동하는 능력을 사용하는 것이 당연한 것처럼 인식된다면 그것도 나쁘지 않았다.

나중에 화인이 재중의 다른 능력을 보더라도 원래 그런 사람이라는 식으로 받아들일 것이다.

과연 화인이 재중의 능력을 볼 기회가 더 있을지는 미지수지만, 그만큼 첫인상이 중요했다.

처음 만난 날 실수하면 칠칠치 못한 허당으로 인식되고, 잘하다가 나중에 익숙해지고 나서 실수하면 어쩌다 한 번 실수하는 걸로 기억되는 것과 마찬가지였다.

그런데 그렇게 재중이 화인을 데리고 도착한 곳이 조금 의외의 장소였다.

"여기는……?"

재중이 화인을 데리고 간 곳은 자신의 집이 아닌 SY미디어 사무실이었다.

처음에 재중은 화인을 자신의 집으로 데리고 갈 생각이었다.

그런데 잠시 생각한 후 SY미디어로 목적지를 바꾼 것이다.

"SY미디어라고, 연예 기획사라는 곳이지."

"그래요?"

화인이 재중에게 몸을 의탁하자 재중은 서로 편한 것이 좋다면서 화인에게 말을 놓았다.

그에 화인도 반 존대하는 것으로 서로 이야기를 마쳤다.

이제부터 같이 지내야 하는 사이가 되었는데 계속 존댓말로 격식을 차리는 것은 결과적으로 서로에게 피곤만 부를 뿐이었다.

물론 겉으로는 그렇지만 실제로는 그보다 더 큰 이유가 따로 있었다.

바로 둘 사이에 보이지 않는 벽이 생길 수도 있다는 생각 때문이었다.

뭐, 서로 존중하는 것도 나쁘지는 않았다.

하지만 화인과 재중처럼 갑과 을이 분명한 관계에서 서로 존댓말을 하는 것은 결과적으로 재중과 화인 사이에 보이지 않는 벽을 만들 뿐었다.

그래서 재중이 먼저 말을 놓자고 한 것이다.

을의 위치에 있는 화인이 재중에게 말을 놓고 편하게 지내고 싶다고 할 리는 없으니 말이다.

그런데 재중은 느닷없이 왜 SY미디어에 화인을 데리고

왔을까?

"그런데 이곳은 왜……?"

화인은 자신을 왜 이곳으로 데리고 왔는지 이유를 모르겠다는 표정으로 재중을 향해 물었다.

"지금 너와 내가 이야기하는 말이 중국어지?"

"네."

당연했다.

아미파는 중국에 있고, 화인은 아미파의 장문인이었으니 말이다.

하지만 이곳은 한국이다.

당연히 한국에서 중국어는 흔히 쓰이지 않는다.

거기다 중국어는 정말 어려운 언어였다.

일반적으로 영어가 널리 쓰이는 것과 달리 한국에서 중국어는 아는 사람이 적었다.

"우선 한국에서 지내려면 한국어를 알아야 하지 않겠어?"

"그야 그런데… 그럼 여기서 한국어를 배우라는 뜻인가요?"

"응."

"저 혼자 여기서 지내나요?"

재중이 내민 손을 잡았으니 당연히 재중 외에는 믿을 사람도 아는 사람도 없는 화인이다.

금세 그녀의 표정이 변하며 불안한 듯 눈동자가 흔들리기 시작했다.

그러자 재중이 웃으면서 말했다.

“잠은 내가 사는 집에서 잘 거야. 하지만 한국어는 제대로 가르쳐 주는 사람에게 배워야 하지 않겠어?”

“그럼… 여기가 학교 같은 곳인가요?”

“학교?”

화인의 말에 재중은 잠시 웃더니 고개를 끄덕였다.

한국어를 배우기 위해서 SY미디어에 다닐 뿐이다.

연예 기획사에 보낸다고 화인을 연예인을 시키겠다는 것은 아니었으니 말이다.

포괄적으로 보면 학교라고 해도 틀린 말은 아니었다.

그런데 학교라는 말에 화인의 표정이 환하게 밝아지는 것이 아닌가?

마치 무언가 기대에 잔뜩 부푼 것처럼 말이다.

화인은 학교를 다녀본 적이 없었다.

장로들이 안전을 이유로 말리기도 했지만, 이미 아미파에 그녀를 가르칠 스승들이 차고 넘쳤기에 그럴 필요가 없었던 것이다.

하지만 화인이 열 살 되던 해, 갑작스럽게 아미파의 장문인이던 부모가 죽고 장로들의 손에 이끌려 장문인의 자리에 오르고 나서는 그들의 꼭두각시 노릇을 하느라 필요한 것 외에는 배울 기회조차 가지지 못하는 상황에 처해 버렸다.

왜냐하면 배우면 똑똑해질 것이고, 당연히 똑똑한 꼭두각시는 장로들에게 필요가 없었으니 말이다.

장로들에게 화인의 존재는 시키면 시키는 대로 말하고, 웃고, 움직이는 인형 그 이상도 이하도 아닌 존재에 불과했다.

그러다 보니 화인은 학교에 대한 막연한 동경심이랄까, 환상 비슷한 것이 있었다.

지금 재중이 그 환상을 건드린 것이다.

그런데 재중은 왜 화인을 SY미디어로 데리고 왔을까?

이유는 간단했다.

아미파에서 화인이 없어진 것을 모를 리가 없는 것이다. 그게 당연했다.

그리고 아무리 여기가 중국이 아닌 한국이라지만 현재 아미파의 능력과 세력이라면 삼합회의 눈에서 안전할 가능성은 매우 낮은 편이다.

중국인 노동자 틈에 섞여서 삼합회 소속의 중국인들이 한국에 엄청나게 들어와 있다는 것은 이미 공공연한 비밀이니 말이다.

그러니 학원이나 학교를 보낼 수가 없는 것은 당연했다.

물론 현재 화인은 명백한 밀입국이나 마찬가지라는 것도 이유 중 하나였다.

하지만 그렇다고 한국어를 가르치지 않고 있을 수도 없었다.

아미파의 대외적인 얼굴인 화인이었기에 중국어 외에 영어도 웬만큼 할 줄은 알지만 한국에서 한국어는 기본 중의 기본이었으니 말이다.

그래서 SY미디어로 데리고 온 것이다.

요새는 워낙에 한국 연예인들의 해외 진출이 활발해서 SY미디어도 그에 대비한 시스템이 잘되어 있었다.

이곳이라면 체계적으로 한국어를 가르칠 능력이 충분했다.

그리고 연예 기획사의 특성상 다른 곳에 비해 보안이 뛰어나 매우 안전하다는 것이 가장 큰 이유였다.

무엇보다 SY미디어가 재중의 것이기에 결정한 것이다.

"대표님, 이분은?"

이제 재중이 불쑥 나타나는 것에 이골 난 이태형 이사였다.

갑자기 나타난 재중을 보자 살짝 놀라긴 했지만 당황한 표정은 아니었다.

하지만 재중이 데리고 온 십 대 후반의 소녀를 보고는 눈빛이 바뀌는 것은 어쩔 수 없었다.

베인티를 키워낸 이태형 이사다.

그는 이제 미녀를 보면 가장 먼저 연예계에서 성공할 재능이 있는지 없는지를 판단하는 게 거의 본능적인 습관이 되어버렸다.

"중국에서 온 화인이라고 합니다."

"중국이요?"

"네. 우선 한국어를 전혀 하지 못합니다."

이태형 이사는 재중의 말에 당연하다는 듯 고개를 끄덕였다.

중국 사람이 한국어를 못하는 건 당연했다.

"우선 SY미디어에서 한국어를 가르치세요."

"네? 그럼 한국에서 데뷔할 신인입니까?"

아직은 어색한 듯 주변을 두리번거리는 모습이 어색해 보이긴 한다.

하지만 이태형 이사는 화인의 미모를 보는 순간 느꼈다.

'조금만 더 자라면 굉장한 미인이 되겠군.'

청순한 것 같으면서도 고집이 있어 보이는 눈동자가 이태형 이사의 안목에 걸려든 것이다.

하지만 재중은 고개를 저었다.

"데뷔는 하지 않을 겁니다."

"네? 그럼 왜 한국어를……?"

데뷔할 신인도 아닌데 SY미디어에서 돈을 써가면서 화인에게 한국어를 가르칠 이유가 어디 있느냐는 표정으로 재중을 쳐다봤다.

"밀입국해서 한국 비자는커녕 아무것도 없거든요."

"헉!!"

재중의 말에 이태형 이사도 이번만큼은 진심으로 놀란 표정을 지을 수밖에 없었다.

밀입국에 비자도 없다니, 이건 놀라지 않으면 그게 더 이상했다.

"위험한 거 아닙니까? 밀입국자를 보호하는 건……. 거기다 한국어까지 가르치다니요."

도무지 재중의 생각을 이해할 수 없는 이태형 이사가 강력하게 말해봤다.

하지만 재중은 그저 씨익 웃었다.

"한동안 제가 보호해야 할 이유가 생겼으니까요."

"네에?"

재중과 화인의 관계를 도무지 짐작조차 할 수 없는 이태형 이사다.

그는 순간 재중이 설마 미쳤나 하는 생각까지 했다.

밀입국자를 보호해 주고 한국어까지 가르친단다.

이건 도무지 그의 상식으로는 생각할 수도 없는 것을 재중은 아무렇지 않게 하고 있으니 말이다.

재중이라고 그런 이태형 이사의 마음을 모를 리가 없다.

"이태형 이사님."

"네, 대표님."

"사람과 사람 사이에 아무런 대가와 조건 없이 도와주는 것이 이상한 일입니까?"

"네? 그건… 그렇지는 않죠, 대표님."

순간 말문이 막혀 버린 이태형 이사였다.

사람이 사람을 도와주는 것에 꼭 이유가 필요하냐는 질문 자체가 뜻하는 것이 많았으니 말이다.

그리고 그걸 모를 이태형도 아니었다.

"제가 나이는 많지 않지만 사람이 사람을 도와주는 것은 머리가 아닌 가슴이 시키는 거라고 알고 있습니다. 그리고 지금 전 가슴이 시키는 대로 할 뿐이구요."

"……."

뭔가 납득하기 힘든 대답이긴 했지만, 그렇다고 또 아주 납득하지 못할 것도 아닌 재중의 말이다.

잠시 알쏭달쏭한 표정을 짓던 이태형 이사는 곧 피식 웃어버렸다.

그저 가슴이 시키는 대로 한다는 것이 얼마나 어려운지

오늘 처음으로 재중을 통해 깨달을 수 있었으니 말이다.

재중의 말장난에 가까운 억지 논리가 먹혀들었는지 어느새 화인을 보는 이태형 이사의 표정과 눈빛이 확연히 바뀌어 있다.

"알겠습니다. 그럼 제가 책임지고 한국어를 가르치겠습니다."

"네, 그럼 그렇게 알고 내일부터 이곳으로 보낼 테니 오전에는 한국어를 가르치고 오후에는 이곳에 있는 연습생들과 어울려 놀게 그냥 두세요."

"네? 아, 네, 알겠습니다, 대표님."

엉뚱한 주문을 하는 재중이었다.

하나 딱히 문제될 것도 없기에 이태형 이사는 고개를 끄덕였다.

재중의 이 주문에는 이유가 있었다.

재중 자신이 먼저 내민 손을 잡은 화인이다.

그렇기에 재중은 화인에게 다소 책임감을 느끼고 있었다.

지금의 주문도 바로 그 책임감의 일환에서 비롯된 말이나 마찬가지니 말이다.

한창 사회성이 만들어질 나이에 장로들의 인형으로 살던 화인이었다.

그녀는 사람 대하는 법을 거의 모른다고 해야 할 만큼 아무것도 모르는 백지 상태나 마찬가지였다.

본래라면 한국의 학교에 보내서 친구들과 뛰어놀게 해주는 것이 가장 확실한 방법이긴 했다.

하지만 현실적으로 아미파와 삼합회의 눈이 있어 그러지 못하는 상황이다.

그래서 차선책으로나마 SY미디어에 있는 비슷한 또래 연습생들을 보면서 최소한 사람을 대하는 방법이라도 스스로 알아가라는 의미인 것이다.

하지만 여기까지가 재중이 해줄 수 있는 커트라인인 것은 당연했다.

친구를 사귀든, 사귀지 않든 그건 화인 본인의 마음에 달렸으니 말이다.

앞으로 그녀가 살아가기 위한 최소한의 조건을 만들어주는 것, 그것이 재중이 화인에게 해주는 선물이었다.

Chapter 04
짧은 인맥

SY미디어에서의 볼일을 마친 재중은 화인을 데리고 집으로 발길을 돌렸다.

한데 재중이 연아에게 화인을 소개시켰는데 의외로 연아는 이것저것 묻지 않았다.

"궁금하지 않아?"

재중이 연아가 사정을 묻지 않는 것을 두고 장난스럽게 말했다.

하지만 연아는 부드럽게 고개를 내저었다. 살짝 웃는 모습이 장난스럽게 보이기도 했다.

"처음도 아니고 뭔가 사정이 있겠지. 하지만 오빠가 납치 했다고는 생각하지 않으니까 괜찮아."

"후후후후훗."

재중은 연아의 말에 살짝 뜨끔했지만 웃음으로 자연스럽게 넘겨 버렸다.

연아는 장난스럽게 한 말일지 모르지만, 아이러니하게도 실제로 재중이 화인을 데리고 온 것은 납치나 마찬가지였으니 말이다.

물론 본인이 원하긴 했지만 상식적으로 보면 납치라고 해도 틀린 말은 아니었다.

"음, 그럼 남은 방 하나는 화인이가 쓰는 건가?"

간단한 인사를 마친 연아는 환하게 웃으면서 바로 말을 놓았다.

그러고는 언니 동생 하기로 한 듯 서슴없이 화인을 데리고 지하로 내려가 버린다.

그제야 재중은 오랜만에 느긋하게 커피 한잔하면서 쉬려고 자리에 앉았다.

그런데 그때,

투타타타탁!

"응?"

내려갔던 연아가 다시 올라오는 것이 아닌가?

"오빠."

"응?"

"화인이 짐 없어?"

"짐?"

연아의 말에 재중은 잠시 생각해 보더니 그제야 아차 하는 표정으로 연아를 쳐다보았다.

"에구, 어째서 오빠가 데려오는 사람은 어디 난민도 아니고 하나같이 빈손으로 오는 건지……."

그러고 보니 재중이 데려온 사람 대부분이 제대로 된 옷 하나 없이 온 것이다.

거기다 화인은 재중이 데려올 때 창살에 갇혀 있는 최악의 상황이었다.

그랬으니 변변한 짐 따위가 있을 리 없다.

제대로 된 옷은커녕 지금 입고 있는 옷도 간편한 디자인이라 그렇지 사실 잠옷이란다.

물론 그 사실도 연아를 통해서 알게 된 재중이었으니 굳이 설명할 필요도 없었다.

"오빠."

"응?"

"내일 강의 있어?"

연아의 말에 잠시 생각해 보던 재중은 고개를 저었다.

본래 오전 수업이 없는 날인데 때마침 오후 수업도 교수가 세미나를 가는 바람에 강의가 없어 학교를 갈 필요가 없었던 것이다.

"아니."

"그럼 데리고 가서 옷 좀 사."

"내가?"

재중은 연아의 말에 황당하다는 듯 말했다.

그런데 연아는 눈에 쌍심지를 켜고는 재중의 코앞까지 얼굴을 들이밀었다.

"나도 이제 사업 준비로 시간이 없단 말이야. 그리고 열일곱 살이라며. 그런 여자애가 팬티 한 장 없다는 것이 얼마나 괴로운 일인지 알아? 오빠는 모르지? 여자가 같은 속옷을 이틀이나 입는 그 고통을 말이야."

"속옷 며칠 입으면 안 되는 거야?"

연아로서는 재중을 야단칠 생각으로 한 말인데 오히려 황당한 대답이 들려오자 외려 연아 쪽이 멘붕이 와버렸다.

"오빠, 설마 속옷… 안 갈아입어?"

"응? 아니, 지금이야 매일 갈아입지."

테라가 재중의 옷차림은 몰라도 위생에 대해서는 거의 시어머니 수준으로 굴었다.

잔소리뿐만이 아니라 재중의 속옷까지 챙기고 있기에 매

일 갈아입지 않을 수가 없었다.

다만 재중이 한 말은 상황에 따라 며칠 입는 게 뭐 어떠냐는 뜻이었다.

하지만 연아는 의심스러운 눈빛을 지우지 않았다.

"보여줄까?"

"헉! 됐어! 아무리 남매라도 이미 다 늙은 노처녀, 노총각이 무슨……."

아무리 남매라도 떨어져 지낸 시간이 오래인만큼 속옷을 보여준다는 재중의 말에 귀가 붉어지는 연아였다.

하지만 반대로 그 모습이 왠지 귀여운 재중이다.

재중도 굳이 보여주려는 것이 아니라 장난친 것이다.

남매지간의 이런 소소한 장난조차도 지금의 재중에게는 즐거움이었으니 말이다.

하지만 재중은 화인을 데리고 옷 사러 가는 것은 아무래도 안 되겠는지 고개를 흔들었다.

"그래도 난 좀 힘들어."

"응? 왜?"

재중이 보나마나 귀찮아서 핑계를 댄다는 생각에 연아가 도끼눈을 하고 쳐다봤다.

하나 재중은 오히려 당당하게 말했다.

"열일곱 살의 민감한 여자애 속옷을 남자인 내가 어떻게 사주니? 난 내 속옷도 그냥 있는 거 대충 입는데."

"쳇."

재중의 말에 연아는 인정하기 싫지만 인정하지 않을 수가 없었다.

억울했지만 하소연할 곳도 없었다.

그도 그럴 것이 틀린 말도 아니었으니 말이다.

열일곱 살의 민감한 나이에 남자와 속옷을 사러 간다는 건 연아 본인이 생각해도 끔찍했다.

하지만 연아도 시간이 없는 것은 마찬가지였다.

프랜차이즈 사업으로 인해 지금 몸이 두 개라도 모자랄 정도로 바빴다.

그나마 재중이 대표로 있는 SY미디어에서 자금과 전문가를 빵빵하게 준비해 줘서 이 정도이다.

그런 서포터마저 없었다면 아마 이렇게 재중과 저녁에 만나는 것도 사실 불가능한 일이었을 것이다.

그런 와중에 재중이 갑자기 데려온 화인의 옷 쇼핑을 하러 가준다는 욕심은 부릴 수가 없었다.

물론 억지로 시간을 만들면 조금의 여유가 있을지도 모른다.

하지만 지금 연아는 재중의 자본과 도움으로 자신의 꿈을 이루려는 시작 단계였다.

그런 상황에서 허술한 모습을 보이기 싫었다.

자신의 돈이 아닌 재중의 돈으로 시작하는 사업이라 더욱 중압감을 느끼고 있는 상황이었으니 말이다.

"음, 이거 난감한데. 서영 씨도 지금 정신없거든."

연아가 생각할 수 있는 가장 가까운 사람 중에 여자라고는 천서영과 전희준 두 사람이다.

하지만 전희준은 연아가 빠진 자리를 메워 카페를 운영하고 있기에 불가능했다.

그리고 천서영도 천산그룹이 아닌 자신의 이름을 걸고 하는 사업이기에 정신이 없었다.

"캐롤라인은 어때?"

재중이 문득 캐롤라인이 떠올라 물어보자, 연아가 고개를 내저었다.

"아, 오빠 몰랐어? 캘리 씨 어제 브라질로 갔어."

"브라질?"

시우바 그룹 상황이 이제는 완벽하게 안정화되었기에 캘리가 또 갑작스레 자리를 비운다는 건 생각지 않던 재중이었다.

재중은 캐롤라인이 브라질로 갔다는 말에 고개를 갸웃거렸다.

"아, 오빠는 모르겠구나. 이번 우리 카페 프랜차이즈 사업 파트너로 원두 담당을 캘리 씨가 직접 하기로 했어. 그래서 원두 물량이랑 공급가 때문에 우선 브라질로 갔는데 아마 며칠 내로 다시 돌아올 거야."

"그래?"

시작은 연아의 작은 꿈이었지만 거기에 천서영과 캐롤라인이 합세하자 꿈이 아니라 미래가 되어버렸다.

재중의 자본력과 카페에서 배운 노하우를 가지고 있는 연아, 천산그룹의 유통망, 그리고 인지도를 가지고 있는 천서영, 마지막으로 시우바 그룹에서 얼마든지 공급받을 수 있는 커피 원두까지 합쳐진 지금의 모습은 누가 봐도 성공 가능성이 매우 높은 사업 아이템이었다.

사실 캐롤라인도 그럴 생각으로 천서영과 연아 사이에 끼어든 것은 아니었다.

그런데 우연히 연아를 도와주던 컨설팅 전문가가 캐롤라인을 알아보고는 적극적으로 개입시킨 결과가 바로 지금의 모습이다.

전문가는 어떻게든 성공시켜야 하는 입장이니 그에게 캐롤라인의 등장은 마치 하늘에서 금덩이가 떨어진 것이나 마찬가지였을 테니 말이다.

"…그럼 내가 알아서 할게."

"응? 오빠가?"

노골적으로 싫은 표정을 짓던 재중이 의외로 순순히 하겠다고 하자 연아가 놀란 표정으로 쳐다보았다.

"어차피 내일부터 화인이를 SY미디어 쪽에 보내서 한국어 공부 시킬 예정이니까 그쪽에 부탁하지, 뭐."

"응? 한국어? 아, 그렇지?"

화인이 할 줄 아는 언어는 중국어와 영어가 전부였다.

아무리 꼭두각시 인형이라도 세력을 넓히고 있는 아미파의 장문인이 중국어만 한다는 것은 시대에 뒤떨어지는 일이다.

그래서 장로들이 억지로 영어를 가르쳐 화인의 영어 회화는 수준은 충분히 무난했다.

그런 사실을 모르는 연아는 방금 전까지 화인과 한국어가 아닌 영어로 대화를 하던 것을 깨닫고 아차 했다.

연아도 한국어보다는 아직은 영어가 더 편한 것은 어쩔 수 없었으니 말이다.

"그런데 학교는?"

열일곱 살이면 당연히 학교에 다닐 나이이다.

어떤 사정이 있는지 모르기에 아직 묻지 않았지만 말이 나온 김에 물어야겠다 싶어 연아가 질문했다.

재중은 별것 아니라는 듯 대답했다.

"밀입국이라 비자도 없어."

"……!!"

밀입국이라는 말을 듣는 순간 연아는 이태형 이사와 똑같이 멍한 표정으로 재중을 잠시 몇 초간 쳐다보더니 떨리는 목소리로 간신히 입을 열었다.

"장… 난이지?"

설마 재중이 밀입국한 소녀를 데리고 왔을까 하는 생각에 장난치는 줄 알고 한마디 했지만,

"아니. 진짜 밀입국이야. 당연히 정식 비자도 없어."

"헐! 오빠, 무슨 생각으로 데리고 온 거야?"

여태 재중의 선택에 그다지 따지거나 잔소리를 하지 않던 연아다.

하지만 그녀도 밀입국했다는 것엔 아니다 싶었는지 한마디 했다.

그런데 재중은 오히려 아무렇지 않은 듯 웃으면서 말했다.

"정말 힘들고 누군가가 자신을 도와주길 바랄 때 손을 내밀어주는 것이 잘못된 건가?"

"그, 그건……."

연아는 재중의 말에 순간 가슴이 콱 막히는 느낌이 들면서 할 말을 잃어버렸다.

지금은 죽고 없지만 그녀를 돌봐주었던 양부모가 없었다

면 현재 그녀의 삶이 어떻게 바뀌었을지는 상상조차 할 수 없다.

그리고 재중의 말대로 연아도 갑자기 양부모가 모두 죽고 혼자 알래스카에서 마켓을 운영하면서 힘들 때마다 생각했다.

누군가가 제발 자신을 도와주길 말이다.

물론 연아에겐 재중이 나타났다.

하지만 만약에 재중이 나타나지 않았다면 연아의 인생도 순탄하지만은 않았을 것이다.

"연아야."

"…응."

"필요한 사람에게 손을 내미는 것에는 이유가 필요 없잖아? 그리고 그건 너도 나도 잘 알고 있는 것이고 말이야."

"칫! 오빠는 정말 알 수가 없단 말이야? 그렇게 세상일에 귀찮은 듯 게으르게 굴면서도 서린이에게도 그렇고 희준 언니도, 화인이에게도 그렇게… 착한 건지 별난 건지 모르겠어."

말로는 재중을 타박하고 있지만 재중을 보는 눈빛은 따뜻하기만 한 연아였다.

그리고 그런 연아의 눈빛을 본 재중은 웃으면서 말했다.

"그냥 별난 거야. 제멋대로인 성격이고 말이야."

자기 변덕으로 움직이는 재중이다.

하지만 연아는 정말 손길을 필요로 하는 사람을 지나치지 못하는 재중의 따스함을 잘 알고 있기에 웃을 수밖에 없었다.

핏줄은 굳이 말하지 않아도 통하는 게 있었다.

"그럼 오빠가 알아서 해. 하지만 조심해. 밀입국은 걸리는 순간 오빠도 괴롭지만 화인이도 강제 추방이니까."

알래스카에서 살던 연아이기에 밀입국의 위험성을 너무나 잘 알고 있었다.

그래서 재중에게 주의를 줬지만, 그런 연아의 마음을 아는지 모르는지 재중은 웃기만 했다.

"알아. 그리고 나도 나름 방법이 있고 말이야. 후후훗."

밀입국이라는 말을 당당히 하면서 뭔가 방법이 있다고 한다.

재중의 말에 연아는 의심이 들면서도 내심 이상하게 믿음이 갔다.

여태까지 뭔가 꼭 필요할 때는 짠 하고 해결책을 내주었던 재중이기에 그런 건지도 모르지만 말이다.

"그럼 난 이제 쉴게. 피곤해."

재중이 알아서 한다고 하니 마음이 놓인 건지 피로가 몰려오나 보다.

연아는 그대로 내려가 버렸다.

자연스럽게 1층에 혼자 남게 되자 마시려고 두었던 커피를 집어 들던 재중은 피식 웃어버렸다.

"다 식어버렸군."

연아와 이야기하는 동안 커피가 차갑게 식어버린 것이다.

―제가 다시 따뜻하게 해드려요?

기다렸다는 듯 테라가 재중의 그림자에서 튀어나오더니,

―히팅~

간단하게 손가락을 튕기면서 마법을 썼다.

차갑게 식어버린 커피가 순식간에 다시 따뜻한 김을 피워 올리기 시작했다.

―그런데요, 마스터.

"응?"

―저기… 좀 위험하지 않을까요? 제가 알아본 바로는 서울뿐만이 아니라 이미 주요 도시에는 모두 삼합회의 눈이 깔려 있는 것이 현재 한국인데요.

삼합회의 한 축인 아미파의 장문인인 화인이다.

당연히 대외적으로는 장문인이라는 위치로 밖을 돌아다녔다.

화인의 얼굴은 생각 이상으로 많이 알려져 있다고 봐야

한다.

그런데 그런 화인을 데리고 쇼핑을 한다고 한다.

그건 즉 화인이 한국에 있다는 것을 대놓고 광고하는 것이나 다를 바가 없었다.

"이대로는 당연히 위험하지."

—네? 그런데 왜 하신다고 하셨어요? 그냥 차라리 인터넷으로 주문할까요?

한국 땅에서 인터넷 쇼핑만큼 편하고 빠른 것은 없을 정도다.

테라가 즉시 물어보았지만 재중은 고개를 저었다.

"속옷부터 시작해서 신발까지 모두 사야 하는 것도 있지만, 굳이 싫은 걸 억지로 입히고 싶진 않아."

재중은 자신이 손을 내밀었지만 최대한 본인이 원하는 것을 해줄 생각이다.

보호해 줄 때만큼은 확실하게 보호해 줘야 한다.

거기다 지금 재중이 뭔가를 사준다면 화인은 그것이 좋든 싫든 관계없이 무조건 받을 터였다.

그런데 재중은 그것이 너무나 싫었다.

자신이 어릴 때 그렇게 강제로 받아왔기에 그것이 얼마나 싫고 상처로 남는지 잘 알고 있기 때문이다.

고아원에서도 그렇고 길거리 생활을 하면서도 옷을 사

입는다는 것은 꿈도 꿔본 적이 없는 재중이었다.

그때의 기억이 있는 재중이기에 지금도 최대한 자신이 원하는 것을 해주는 걸 선호했다.

―뭐 그야 확실히 그게 좋긴 하지만, 음, 방법이라……. 얼굴이 알려진… 얼굴… 얼굴……!

잠시 재중의 생각을 모르겠다는 듯 고민에 빠진 테라가 혼자 중얼거렸다.

그러다 곧 재중의 의도를 알아차린 듯 테라의 입가가 미소를 그리기 시작했다.

―마스터, 전에 정태만의 아내이던 윤지율과 딸인 정예지에게 했던 것처럼 마법으로 얼굴을 변형시킬 생각이세요?

"응."

―뭐, 그게 가장 좋은 방법이긴 한데 화인이 받아들일까요? 자신의 얼굴이 완전히 바뀌는 건데 말이죠.

테라가 슬쩍 걱정스러운 듯 물어보자 재중은 오히려 피식 웃었다.

"열일곱 살의 소녀이기 이전에 아미파의 장문인으로 있던 화인이야. 뭐 알아서 이해하겠지. 지금 삼합회에 들키면 가장 곤란한 건 본인이니 말이야."

―하긴…….

뭔가 따뜻하게 배려하는 것은 없지만 재중 나름대로 내놓은 화인을 위한 최선의 해결책이었다.

물론 화인이 어떻게 받아들일지는 알 수 없었다.

하지만 다음 날, 그런 걱정은 기우였음이 바로 드러났다.

그림자 속의 테라가 재중의 몸을 빌려 마법으로 화인의 얼굴을 완전 다른 얼굴로 바꿔 버렸다.

그리고는 반지를 빼면 다시 원래의 얼굴로 돌아온다고 말하자,

"아, 인피면구 같은 거군요?"

의외로 담담하게 받아들이는 화인이다.

정확하게는 마법으로 본래의 얼굴 위에 다른 얼굴을 겹쳐 놓은 것이다.

하지만 워낙에 얇고 실제 자신의 피부와 같은 느낌이기에 화인은 아주 특수한 인피면구라고 생각하는 듯했다.

실제 중국에서는 과거 자신의 얼굴을 숨기기 위해서 인피면구 같은 것을 만들어 썼다.

그리고 엄청나게 솜씨가 좋은 장인이 만든 인피면구는 자신의 피부라고 착각할 만큼 잘 만든 것도 있었다는 전설이 전해 내려오기도 했다.

그 때문인지는 모르지만 화인은 의외로 쉽게 받아들이는 듯했다.

자기 식대로의 해석하긴 했지만 유연성 있게 상황을 받아들이는 그 모습에 재중도 느끼는 것이 있었다.

여태까지 화인의 그저 장로들의 명령대로 살아오던 인형 같은 삶과 달리 실제의 그녀는 그저 여리지만은 않다는 것을 말이다.

사람이 변화를 받아들일 때 얼마나 담담하게 받아들이느냐에 따라 마음의 강함을 판가름할 수 있다.

대륙의 삶은 고달픈 인생의 연속이었다.

몇몇 귀족만 빼면 정말 다음 날 길가에 죽어 뒹굴어도 이상하지 않는 삶을 사는 사람이 흔했다.

하지만 그런 대륙에서도 재중은 자살하는 사람을 본 적이 없었다.

이유는 간단했다.

대륙의 인간들은 언제라도 죽을 수 있다는 것을 이미 마음속으로 받아들이고 삶을 살아갈 만큼 강한 마음을 가지고 있었다.

그리고 그건 화인도 마찬가지였다.

필요가 없어지면 언제든지 장로들의 손에 의해 죽을 수도 있다는 것을 알고 있던 그녀다.

그럼에도 의연히 자신의 삶을 이어왔으니 말이다.

보통은 화인과 같은 상황이면 어떻게든 살아남으려고 장

로들의 편에 서거나 살기 위해 본능적으로 별짓을 다 했을 것이다.

그런데 화인은 그러지 않았다.

검후 화련옥의 예언이 있었고, 그 예언을 끝까지 믿었다.

그렇기에 지금 화인은 자유를 맞아 이렇게 한국에 와 있는 것이다.

뭐랄까, 화인은 마음이 강한 아이, 딱 그 한마디로 표현할 수 있는 아이였다.

"예쁜데요?"

거기다 테라가 마법으로 만들어준 얼굴을 보고는 나름 마음에 드는지 거울을 보면서 웃음까지 지어 보였다.

본래의 자신의 얼굴과는 달랐지만 미인이라는 것에 만족한 듯하다.

"집에 있을 때는 반지를 빼도 된다."

가능하면 마법으로 만들어진 얼굴로 지내는 것이 가장 좋다.

하지만 화인이 자신의 얼굴을 완전히 잊게 하는 것도 못할 짓이기에 집에 있을 때는 반지를 빼놓도록 말해두는 재중이다.

물론 얼굴 변형 마법의 마나를 화인의 몸에서 충당하기에는 무리라는 이유도 있었다.

아무리 테라가 미약한 마나로도 작동하게 만든 아티팩트였지만, 보통 사람인 화인의 경우 정기적으로 마나를 회복하기 위해 쉬어줘야 했으니 말이다.

윤지율과 정예지에게 준 것은 일회용 마법이었다.

하나 그와 달리 화인에게 준 것은 반지를 끼는 순간 마법으로 만들어진 얼굴로 돌아가도록 만든 아티팩트였다.

"고맙습니다."

아무리 화인이 재중을 예언자로 생각하더라도 자신에게 준 것이 예사 물건이 아니라는 것은 충분히 알 수 있는 나이였다.

화인이 진심으로 감사의 인사를 하자 재중은 그저 입가에 미소를 짓는 것으로 대답을 대신했다.

물론 이렇게까지 신경 쓰는 것도 재중에게는 사실 귀찮긴 했다.

하지만 그만큼은 해줘야 나중에 화인이 혼자 움직이기 편하고, 그래야 재중 자신도 편할 터였다.

그렇기에 재중도 기꺼이 잠깐의 수고로움 정도는 감수한 것이다.

Chapter 05
빅 핸드

"어라? 대표님, 어제와 다른 것이… 아니라… 아, 같은 사람이군요. 착각을 하다니, 나 참."

다음 날, 재중은 이태형 이사를 보자마자 테라에게 명령을 내렸다.

재중의 명령을 받은 테라는 곧바로 그에게 기억을 흐리게 하는 마법을 걸었다.

어제와 다른 화인의 얼굴을 새로 기억시키기 위해서 말이다.

당연히 테라는 이태형 이사의 기억을 흐리는 것과 동시

에 그의 기억 속에 마법으로 바뀐 화인의 얼굴 이미지도 집어넣었다.

그러자 순식간에 이태형 이사의 머릿속에 남아 있던 어제 만난 화인의 본래 얼굴은 사라져 버리고 테라가 만든 가짜 얼굴만이 남았다.

테라에게는 너무나 쉬운 작업이었다.

이태형 이사를 믿지 못하는 것이 아니라 혹시라도 모를 보안 때문이었다.

이왕이면 확실한 것이 좋겠다는 재중의 변덕으로 이렇게 된 것이다.

어제 화인을 본 사람은 이태형 이사가 유일했기에 처리가 간단했다는 것도 어느 정도 영향이 있다.

덥석!

그런데 그때, 갑자기 이태형 이사가 재중의 손목을 잡으면서 돌아서는 재중을 막아섰다.

"대표님, 어디를 가십니까?"

"네? 그야… 음……."

그러고 보니 오늘 강의가 없는 날이기에 학교에 갈 필요가 없다.

화인과 쇼핑을 가기로 하긴 했지만 그건 우선 오전에 한국어 교육을 마친 다음에 하려 했었다.

그래서 시간적 여유가 있었기에 밖으로 나가려 했던 것이다.

재중은 순간 할 말을 잃어버렸다.

그런데 이태형 이사는 그런 재중의 사정을 잘 알고 있는 듯 잡은 손목에 힘을 주면서 말했다.

"밀린 업무가 있는데 대표님도 일을 하셔야 하지 않을까요?"

"제가 할 업무가 있나요?"

애초에 재중은 SY미디어 업무를 이태형 이사에게 다 넘겼다.

그래서 방금 이태형 이사가 말한 자신의 업무라는 말에 고개를 갸웃거리자,

"대표님, 아무리 제가 모든 업무를 한다고 해도 대표님이 흐름 정도는 파악하고 계셔야 하지 않겠습니까? SY미디어의 주인이신데 말이죠."

"전 이쪽은 전혀 모릅니다, 이사님."

지금까지 잘하다가 갑자기 자신에게 업무를 넘기려는 이태형 이사의 생각이 뭔지 모를 일이다.

재중은 굳이 자신이 끼어들어 잘 돌아가는 SY미디어가 흔들리는 것을 바라지 않았기에 정중하게 거절했다.

그런데 뭔가 결심한 듯 이태형 이사는 재중을 쉽게 놔주

질 않았다.

“대표님, 당장 SY미디어를 모두 파악하시라는 건 아닙니다. 당연히 그건 저로서도 조금은 불편하구요.”

재중의 성격을 어느 정도 파악한 이태형 이사가 솔직하게 자신의 본심을 슬쩍 말했다.

재중은 당연하다는 듯 고개를 끄덕였다.

지금까지 잘 돌아갔는데 갑자기 대표라고 아무것도 모르는 녀석이 끼어들어 봐야 분란만 일으킬 뿐이다.

거기다 재중은 유서린 때문에 SY미디어를 샀으니 애초부터 딱히 연예계를 평정하겠다는 생각도 없다.

재중은 당연하다는 듯이 무덤덤하게 고개를 끄덕였다.

“그래도 최소한의 업무 파악은 하고 계셔야 합니다. 그리고 대표님이 알아두셔야 할 것도 있고 말입니다.”

“……?”

재중은 이태형 이사가 갑자기 조용히 목소리를 줄이면서 하는 말에 슬쩍 그의 눈동자를 보았다.

거짓말을 하는 것 같진 않았기에 우선 그를 따라 대표실로 들어갔다.

청소만 하고 모든 집기가 새것인 대표실이다.

“말씀하세요.”

재중이 조용하게 먼저 말하자,

"음, 그게… 아무래도 기자들이 냄새를 맡은 것 같습니다."

"기자들이 냄새를 맡아요?"

"SY미디어 주인이 대표님이라는 걸 말입니다."

"그게 무슨 문제가 되나요?"

재중은 애초에 자신이 SY미디어 대표라는 것을 숨길 생각이 없었다.

그래서 대수롭지 않게 물었는데 그런 재중의 반응에 이태형 이사가 조금 당황했다.

"대표님은 자신을 숨기려고 하신 것이 아니었습니까?"

"숨겨요? 저를 숨겨서 뭐하려구요?"

재중이 엉뚱한 말을 하는 이태형 이사에게 솔직하게 말했다.

그제야 이태형 이사는 뭔가 생각하더니 아차 하는 표정으로 너털웃음을 지었다.

"하하하하! 제가 착각했군요."

재중의 반응에 뒤늦게 가만히 생각해 본 이태형 이사는 재중이 한 번도 자신의 존재를 드러내지 말라거나 숨기라는 언질을 한 적이 없다는 것을 기억해 낸 것이다.

그리고는 순전히 자신의 착각이었음을 깨닫고 멋쩍어서 웃어버렸다.

"그런데 기자들이 냄새를 맡다니, 무슨 말이죠?"

재중이 굳이 자신을 숨기진 않았지만 그렇다고 드러내놓고 다닌 것도 아니었다.

SY미디어에 거의 출근도 하지 않은 그였다.

당연히 기자들이 재중의 존재를 쉽게 알 수 없다는 것쯤은 자신이 잘 알고 있다.

"그게 저번 주부터일 겁니다. 증권가 찌라시에 SY미디어의 주인이 대학생이라는 소문이 돌기 시작했습니다."

씨익~

재중은 이태형 이사의 말에 말없이 입가에 미소를 지었다.

뭐 찌라시라는 것이 워낙에 입소문이긴 하지만 정말 맞는 것도 적지 않았다.

그러니 그런 소문이 돈다고 해도 딱히 말이 틀린 것도 아니다.

"그리고 SY미디어의 어린 주인이 사실은 북미의 빅 핸드라는 소문이 돌기 시작했습니다. 그런데 문제는 그러면서 저희 주식이 갑자기 오르기 시작했다는 겁니다."

"빅 핸드?"

재중은 처음 듣는 빅 핸드라는 단어에 고개를 갸웃거렸다.

—마스터, 제가 북미에서 활동하는 네임이 빅 핸드예요.

'뭐? 알았다.'

여태까지 재중은 딱히 테라가 하는 것에 크게 간섭하지 않았다.

그래서 방금 테라의 대답을 듣고서야 테라가 북미에서 돈을 만들기 위해 사용한 이름이 빅 핸드라는 것을 알게 된 것이다.

"그런데 SY 주식은 100% 제가 가지고 있는데 주식이 오를 수가 있나요?"

주식에 대해서 아직 많은 지식이 없는 재중이기에 의아하게 여겨 물었다.

상식적으로 주식을 거래도 하지 않고 재중이 모두 가지고만 있는데 오르고 말고 한다는 게 이해가 가지 않았다.

그런데 이태형 이사의 말을 들어보면 그것도 아닌 듯했다.

"그게… 품귀 현상 때문입니다."

"품귀 현상?"

재중이 되물어보자 이태형 이사가 차근히 설명을 시작했다.

"네. 대표님께서 주식을 가지고 있고 전혀 거래를 하지 않는다고 해도 증권가에서 무조건 성공하고 앞으로도 성공

할 확률이 높다고 판단되면 가격이 오릅니다. 아니, 오히려 대표님께서 주식을 모두 가지고 있기 때문에 더더욱 가격이 오르고 있다고 해야 할 겁니다."

"훗, 재미있군요."

재중은 자신은 전혀 거래할 생각도 없는 것에 다른 사람들이 값을 매긴다는 것이 조금 웃겼다.

하지만 이건 재중의 생각일 뿐이다.

실제로 입소문만큼 무서운 게 없는 곳이 바로 증권가였다.

입소문 하나에 주식이 몇 배나 오르고 내리고를 반복하는 곳이니 말이다.

소문 한번 잘못 퍼지면 수십억에서 수백억이 공중에서 사라지는 곳이다.

그런데 그런 증권가에 초 우량주가 있는데 주인이 판매하지 않는다는 이야기가 돈다면 당연히 욕심이 날 수밖에 없다.

물론 이런 현상은 잠깐일 것이다.

"아무래도 이번에 동생분의 자금을 움직이시면서 북미에서 많은 자금을 융통하다 보니 증권가에서 빅 핸드의 존재를 눈치챈 듯합니다. 그리고 그 빅 핸드의 자금이 모두 저희 SY미디어로 들어왔다는 것을 알게 되자 이런 일이 벌어진 겁니다."

재중은 그냥 지들끼리 마음대로 하라고 내버려 두기로 했다.

어차피 재중이 끝까지 SY미디어 주식을 풀지 않는다면 금방 시들해질 반응이다.

그런데 이태형 이사는 재중을 물끄러미 쳐다보면서 무언가 물어보고 싶은 게 있듯 우물쭈물하고 있다.

"말해보세요, 이사님."

재중이 먼저 그런 그의 마음을 눈치채고 말하자 이태형 이사가 기회를 놓칠 수 없다는 듯이 재빨리 입을 열었다.

"그런데 정말 대표님이 빅 핸드이십니까?"

사실 이태형 이사도 재중의 재력이 도무지 어디서 왔는지 궁금했다.

재중이 대표이기에 그런 걸 파고드는 것은 당연히 밉보이는 행동이어서 여태까지는 궁금한 채로 참고 있었다.

하지만 이번 증권가의 찌라시 소문으로 인해 참는 것도 한계에 달한 것이다.

북미에서 거의 신화를 쓰고 있는 빅 핸드였다.

SY미디어에 머물러 있다고는 하지만 세상일에 어두운 이태형 이사가 아니었다.

당연히 그도 빅 핸드를 잘 알고 있었다.

짧은 시간에 엄청난 수익을 올린 희대의 기린아, 월가의 괴물이라는 빅 핸드를 말이다.

빅 핸드라는 이름도 사실 테라가 직접 붙인 것이 아니라 워낙에 투자하는 것마다 대박을 터뜨리고 큰손으로 쓸어 담는다고 하여 붙여진 별명이었다.

월가에서 공공연히 부르던 별명이 이제는 아예 이름이 되어버린 것이다.

절대로 실패하지 않는 투자의 신으로까지 불리는 빅 핸드다.

그가 한국의 SY미디어라는 작은 기획사에 엄청난 자금을 주었다는 이야기는 당연히 사람들의 시선을 끌 수밖에 없었다.

어디를 봐도 빅 핸드와 아무런 연고가 없는 SY미디어였으니 말이다.

하지만 이태형 이사는 거의 본능적으로 느낄 수가 있었다.

월가의 빅 핸드가 재중이라고 말이다.

상식적으로 도저히 말이 되지 않는다는 것은 이태형 본인도 느끼고 있었다.

하나 아무리 생각해도 그것 외에는 빅 핸드가 SY미디어에 그런 많은 자금을 대줄 이유가 없었다.

씨익~

재중은 마치 간식을 기다리는 강아지처럼 재중의 대답을 기다리는 이태형 이사의 눈빛을 보면서 미소를 한번 그렸다.

그러더니 천천히 일어서서 나직하게 한마디 남기고는 대표실을 나가 버린다.

"제가 빅 핸드로 불린다는 걸 오늘 처음 알았군요. 그럼 이만."

딸각.

"…진짜였어. 설마 했는데… 대표님이 월가의 괴물로 불리는 빅 핸드였다니… 대박이다. 대박이야! 하하하하하!"

사실 지금까지 이태형은 이사는 재중의 자금 출처를 모르기에 살짝 불안한 마음도 있었다.

베인티가 뜨긴 했지만, SY미디어는 아직 벌어들이는 돈과 쓰는 돈이 거의 비슷하게 균형을 맞춘 상태였으니 말이다.

즉 베인티에게 당장 스캔들이나 무슨 문제가 생기면 SY미디어 자체가 크게 흔들릴 만큼 조금은 불안한 수익 구조를 가지고 있었다.

물론 재중의 자금을 제외하고 보면 그렇다는 말이다.

현실은 재중의 막대한 자본으로 얼마를 벌든 투자를 아

끼지 않고 있었다.

하지만 만약에 이런 재중의 자본이 끊긴다면?

생각하기도 싫은 가정이지만 SY미디어가 크게 휘청거릴 것은 뻔했다.

이태형 이사는 재중의 자본을 고마워하면서도 한편으로는 출처를 알 수 없는 자본이기에 항상 불안해해 왔었다.

한데 방금 재중의 그 말 한마디로 인해 가장 불안하던 걱정거리가 한 방에 사라져 버렸다.

"소문으로는 …빅 핸드의 자본이 최소 수십억 달러라고 했지. 하하하하하! 이건 절대로 망하지 않겠구나! 만세!! 만세!!"

이태형 이사도 자세한 빅 핸드의 자본은 모른다.

하나 이미 월가에는 전설로 통하기에 수십억 달러를 가지고 있다는 것 정도는 알고 있었다.

그리고 실제로 연아의 사업을 위해서 재중이 쓰라고 들여온 자본을 보면 충분히 증명이 되었다.

지금의 이태형 이사에게는 천산그룹이라는 배경보다 오히려 빅 핸드가 더욱 좋았다.

거기다 이미 증권가에 빅 핸드가 투자하는 기획사라는 소문까지 퍼진 상태였다.

그래서 그런지 방송국의 대우도 많이 달라진 상태였다.

북미의 거대 자본이 뒤에 있는 것과 없는 것은 SY미디어 같이 이제 시작하는 기획사에게는 엄청난 차이를 만들 수밖에 없었다.

북미의 거대 자본이 직접 투자할 만큼 발전 가능성이 매우 높은 기획사라는 인식이 방송가에 심어진 것이다.

그건 기획사가 크는 데 중요한 핵심 요건이었다.

그리고 그런 상승 작용은 베인티 뒤에 데뷔할 신인에게도 엄청난 영향을 미칠 수밖에 없었다.

"하하하하하! 만세! 만세! 대표님 만세! 빅 핸드 만세!!"

거의 실성한 사람처럼 혼자 만세를 부르던 이태형 이사는 뒤늦게 정신을 차렸다.

뭔가 이상하다는 것을 느꼈기 때문이었다.

"아, 대표님! 업무!!"

그랬다.

재중은 너무나 자연스럽게 이태형 이사의 정신을 빼놓고는 유유히 대표실을 나가 버린 것이다.

그리고 그 사실을 이태형 이사가 알았을 때는 이미 재중은 SY미디어 건물 어디에도 없었다.

* * *

"테라."

—네, 마스터.

"녀석의 움직임은?"

—딱히 큰 움직임은 없어요, 마스터. 다만 최근에 박태평을 데리고 태평그룹으로 론도 랜필드 본인이 직접 움직였다는 것 정도를 빼면요. 여전히 호텔에서 거의 나오지 않고 있어요.

"그래? 음, 무슨 꿍꿍이일까?"

론도 랜필드가 박태평을 이용해서 한국에 있는 자신의 정보를 얻으려고 한다는 것은 이미 저번에 모두 들어서 알고 있는 재중이다.

하지만 문제가 있었다.

과연 그때 들은 대로 박태평을 이용해서 자신을 건드릴지, 아니면 론도 랜필드 본인이 움직일지, 그것도 아니라면 힐튼 가문에서 나온 사천당가의 장로라는 녀석을 움직여서 건드릴지.

재중으로서도 쉽게 판단을 내리기가 어려웠다.

분명히 적의를 가지고 온 것이 분명해 보이는 론도 랜필드다.

그런데 그가 저렇게 대부분의 시간을 호텔에서 움직이지 않는다면 재중으로서도 쉽게 판단을 내리기 힘들 수밖에 없었다.

—제가 먼저 움직여서 자극해 볼까요?

테라는 론도 랜필드의 뭔가 미지근한 듯하고 웅크린 모습이 답답한지 한마디 했다.

그러나 재중은 고개를 저었다.

"아직 그러기에는 녀석의 꿍꿍이가 뭔지 몰라. 그보다 정말 박태평 하나만 보려고 한국으로 날아왔을까 하는 생각이 드는데 말이야."

—뭔가 의심스러우신 거예요?

"영상을 해부하다시피 해서 심증만 가지고 킬러를 보낸 랜필드 가문이잖아."

—그야 그렇죠.

덕분에 꼴통 같은 바네사도 얼떨결에 죽긴 했다.

어쨌든 심증만 가지고 무려 다섯 개 팀의 킬러를 보낸 것이다.

그걸 돌이켜 보면 무식할 만큼 저돌적으로 보이기도 했다.

하지만 반대로 말하면 아주 작은 의심마저도 결코 간과하지 않는 조심성이 있다는 말도 된다.

그렇게 조심성이 많은 랜필드 가문의 장남인 론도 랜필드이다.

이제는 랜필드 가문의 유일한 후계자인 그가 사천당가의 장로라고 하지만 힐든 장로 한 명만 데리고 왔다는 것은 뭔가 꺼림칙한 느낌이 들었다.

사실 재중도 박태평과 만나면서 어느 정도 속내를 드러내는 것 같은 론도 랜필드의 모습에 살짝 긴장을 풀긴 했다.

그런데 박태평과 관련된 것 외에는 그 무엇도 움직이려 하지 않는 론도 랜필드의 모습이 너무 이상하다는 것을 느낀 것이다.

그러면서 어쩌면 지금 론도 랜필드의 이런 행동이 계산된 것일지도 모른다는 생각이 들었다.

—혹시… 함정이라도 준비했을까요?

상대는 북미를 움직이는 가문 중의 하나인 랜필드 가문이다.

테라의 함정일지도 모른다는 생각도 충분히 가능성이 있었다.

그만큼 능력이 있으니 말이다.

하지만 재중은 테라의 말을 듣기만 한 채 대답하지 않고 잠시 생각에 빠진 듯 주변을 서성거리기 시작했다.

—이런, 마스터께서 생각에 빠지셨군.

남들이 보기에는 그냥 멍하니 같은 곳을 빙글빙글 도는

것으로밖에 보이지 않는다.

하지만 테라는 지금 재중이 정말 진지하게 고민하고 있다는 것을 알고 있다.

대륙에서 드래고니안과 싸우기 전 작전이나 고민이 있을 때는 언제나 저렇게 생각을 정리하곤 했으니 말이다.

이럴 때는 그저 기다리는 것이 가장 좋은 방법이라는 것을 알고 있는 테라였다.

테라는 벤치에 앉아 조용히 재중의 그런 모습을 바라보기만 했다.

다만 입가에 미소를 가득 머금은 모습이 흡사 사랑하는 연인을 쳐다보는 여인의 눈빛과 같다는 것이 조금 다르긴 했지만.

"테라."

—네, 마스터.

20분이 넘는 시간 동안 오로지 재중만 쳐다보고 있던 테라였으니 재중이 부르자 즉각 대답하는 것은 당연했다.

"론도 랜필드의 모든 것을 감시할 수 있겠어?"

—음, 모든 것이라면 어디까지를 원하시는 거예요?

모든 것이라고 하지만 사실 범위를 최대한 줄여야 쓸데없는 시간 낭비가 없다.

테라가 묻자 재중도 그런 테라의 성격을 잘 알고 있기에 잠깐 생각하더니 말했다.

"호텔에서 무엇을 하는지 알고 싶어졌어."

—호텔이라……. 그런데 힐든 장로라는 녀석 때문에 가능성이 미지수예요, 마스터. 혹시라도 녀석이 저번처럼 탐지 마법이 그려진 부적이라도 가지고 있으면 무조건 패밀리어는 걸릴 수밖에 없거든요.

그렇다.

원래대로라면 태라의 마법은 만능이어야만 한다.

지구에 마법의 존재가 없으니 말이다.

그런데 그놈의 삼합회에서 어떤 루트인지는 몰라도 대륙의 마법 지식을 갖고 있었다.

그런 상황에서 삼합회에서 마법과 섞어서 사용하는 특이한 부적도 있고 그 외에도 몇 가지 사실 때문에 아무래도 테라의 활동이 제한적이었다.

마법에 관해서라면 그 누구도 따를 수 없는 테라임이 분명하다.

하지만 부적과 마법을 섞어서 사용하는 독특한 삼합회의 마법은 아직 알 수 없는 것이 너무나 많았다.

거기다 삼합회에서 가지고 있는 탐지 마법이 그려진 부적의 능력이 너무나 뛰어난 것도 지금 테라가 자신있게 말하지 못하는 이유 중 하나이기도 했다.

전에도 정태만의 집을 감시할 때 풀어놓은 패밀리어를 모조리 잡아냈었다.

그것만 봐도 삼합회에서 가지고 있는 탐지 마법 부적은 절대로 쉽게 볼 수 없으니 말이다.

테라가 모르는 미지의 마법 영역도 재중에게 걸림돌이 되고 있는 것이다.

"힐든 장로가 탐지 마법 부적을 가지고 있다고 생각해야겠지?"

삼합회를 구성하는 아홉 마리 용 중에 하나인 사천당가의 장로이다.

당연히 가지고 있을 가능성이 매우 높기에 재중이 슬쩍 물어봤다.

—아이린에게 물어볼까요?

"그래봐."

—네, 잠시만요.

대답하자마자 테라의 몸 주변에 마나가 잠깐 반짝였다.

조용히 통신을 하는 듯 눈을 감은 채 가만히 있던 테라가 눈을 떴다.

—아이린이 많이 서운해하고 있어요, 마스터.

"…그럴 테지."

애당초 아미파에서 농성을 해서 어떻게든지 아이린이 삼

합회의 정보 관할 쪽을 접수하는 작전을 세운 것은 재중이다.

당연히 아이린은 두 손 들고 환영했고, 준비까지 모두 마친 상태였다.

그런데 돌연 재중이 계획을 취소해 버렸으니 당연히 아이린으로서는 재중에게 서운하고 화가 날 만했다.

물론 대놓고 재중에게 화를 내지는 못했지만 말이다.

당장 서운하고 억울해도 아쉬운 건 아이린 본인이었기에 크게 말하진 못했다.

하지만 테라의 표정을 보니 제법 닦달을 한 듯했다.

—아이린에도 비밀이겠죠? 아미파의 문주인 화인을 마스터께서 데리고 있는 사실이요.

테라도 재중이 일방적으로 아미파 농성 작전을 취소해 버렸으니 미안한 마음에 말해봤다.

재중은 당연하다는 듯 고개를 끄덕였다.

"비밀은 아는 사람이 적을수록 오래가는 법이야. 그리고 비즈니스 관계는 결코 믿을 게 못 되거든."

—뭐, 그야 그렇긴 하죠.

지금이야 재중이 테라를 통해서 아이린에게 힘을 주었기에 아이린이 정보를 주고 있다.

하지만 사실 이런 관계는 믿음이 있어서 만들어진 관계

는 아니었다.

오로지 서로 필요에 의해서 만들어진 관계였다.

아이린은 삼합회에서 살아남아 끝까지 버틸 힘이 필요했고, 재중은 삼합회 내부의 정보가 필요했다.

처음부터 이런 서로의 조건이 맞아떨어져 거래한 것이었다.

이런 관계에 믿음이 존재한다는 것은 사실 너무나 순진한 이야기일 수밖에 없었다.

테라야 아이린을 직접 만나기에 나름 이번 아미파 농성 작전이 취소된 것에 미안한 듯한 기색이 보였다.

하나 재중에게는 생각할 가치도 없었다.

"테라, 아이린은 우리보다 더욱 강한 힘을 주는 누군가가 나타난다면 아마 그 순간 나에 대한 모든 정보를 말할 사람이니까 미안한 마음은 접어둬라."

—네, 마스터.

"그보다 결과는?"

—그게 아이린의 말로는 세가와 문파의 장로급이면 아마 9할은 부적을 가지고 있다고 해요. 아무래도 패밀리어로 감시하는 건 피해야 할 듯해요, 마스터.

"마법으로는 감시에 제약이 생겼군."

지금까지는 마법으로 불가능한 것이 없었는데 처음으로

불가능한 것이 생겨 버렸다.

물론 패밀리어를 이용해서 억지로 감시하려면 할 수도 있었다.

하지만 그에 따른 부작용을 생각해 봐야 했다.

그러다가 혹시라도 탐지 부적에 패밀리어가 걸린다면 힐든 장로나 론도 랜필드가 경계심을 가지게 될 터였다.

그렇게 해서 얻는 정보와 잃는 것을 비교하면 답은 이미 나와 있었다.

그래서 패밀리어로 감시하는 것은 지금처럼 멀리서 하는 것으로 만족하기로 했다.

"도청 같은 건 아무래도 전문가가 필요하겠지?"

ㅡ그거야 당연하죠. 그런데 그것도 쉽지 않을 거예요, 마스터.

"왜?"

ㅡ제가 알아봤는데, 론도 랜필드가 항상 가지고 다니는 작은 가방이 있는데 그 가방에서 도청이나 도촬 등 모든 감시 기능을 무력화시키는 전파가 흘러나오고 있거든요.

"…철저하군."

확실히 가능성이 있긴 했다.

랜필드 가문의 재력과 권력, 그리고 힘을 생각하면 그런 방해 전파 기계를 가지고 있는 것이 정상이다.

—아이린 말로는 CIA에서 사용하는 특수한 장치라서 현재는 그 방해 전파를 뚫고 도청이나 도촬을 할 수 있는 가능성은 거의 0%에 가깝다고 포기하라네요. 그것을 보면 힘들 것 같아요.

"……."

마법도 가까이에서 감시가 불가능, 기계를 동원하는 것도 현재는 불가능.

진퇴양난이었다.

Chapter 06
론도 랜필드의 속셈은?

뭔가 꿍꿍이가 있는 것이 확실한 론도 랜필드였지만, 도무지 그걸 감시할 방법이 없었다.

최후의 경우 재중이 직접 론도 랜필드를 만날까 하는 생각까지 했지만, 그건 정말 어디까지나 최후의 경우일 뿐이다.

아직까지 론도 랜필드는 데이빗 랜필드를 죽인 범인이 재중이라는 심증만 있을 뿐 증거가 없다.

그런데 이런 상황에 재중이 론도 랜필드를 만난다면 심증에 확신을 주는 꼴밖에 되지 않았다.

그리고 그것은 랜필드 가문과 재중의 전쟁이 시작되는 신호탄이 될 것이 뻔했다.

사실 재중이 랜필드 가문을 무서워해서 지금 이렇게 복잡하게 가는 것은 아니었다.

정말 재중이 마음만 먹으면 당장 론도 랜필드와 힐든 장로를 처리하고 랜필드 가문에도 치명상을 입힐 수가 있었다.

테라의 마법과 드래곤으로 완전히 각성한 재중의 힘이면 그 정도는 그다지 불가능한 것이 아니었으니 말이다.

하지만 그러지 못하는 것은 연아 때문이었다.

랜필드 가문 하나만 놓고 보면 사실 정말 별것 아니다.

하지만 유대인 가문 전체를 놓고 본다면 아무리 재중이라도 신중할 수밖에 없었다.

재중이 랜필드 가문을 성질대로 처리한다면 랜필드 가문이 지구에서 사라질 것은 당연했다.

하지만 반대급부로 랜필드 가문과 연결되어 있는 또 다른 유대인 가문들에게는 오히려 경각심을 심어주게 될 것이다.

그건 그들에게 커다란 적이 나타났다는 것을 알리는 것밖에 되지 않았다.

그리고 당연히 그들의 힘과 정보력이라면 재중의 존재를

알아채는 것도 그다지 오래 걸리지 않을 것이다.

진흙탕 싸움.

유대인 가문 전체와 재중의 전쟁이 시작되면 정말 그때부터는 진흙탕 싸움이 시작될 수밖에 없었다.

거기다 그리되면 연아의 안전을 위해서 필연적으로 연아를 숨겨야 한다.

지금 한창 자신의 꿈을 위해서 프랜차이즈 사업을 시작하는 연아에게 모든 것을 접고 살기 위해서 숨어 살라고 한다면 과연 그걸 연아가 어떻게 받아들일까?

아니, 모든 것을 떠나 한창 꿈을 위해 한 걸음 내딛는 동생을 어둠 속으로 집어넣는 행동을 해야 한다.

오로지 자신 때문에 말이다.

행복하게 해주려고 찾은 연아이다.

그런데 결과적으로 자신 때문에 숨어 살아야 한다면 그건 찾지 않은 것만 못한 꼴이 된다.

그건 재중으로서는 결코 원한 결과가 아니었다.

남에게 인생이 휘둘리는 것은 어린 시절만으로도 충분했다.

—마스터, 작은 마스터 때문에 그러시는 거라면 제가 확

처리할까요?

재중이 이처럼 조심스럽게 움직이는 이유를 테라도 잘 알고 있었다.

그래서 차라리 재중을 배제하고 테라가 전면에 나서서 론도 랜필드과 랜필드 가문을 처리하고 싶은 마음이 생긴 것이다.

"그건 내가 허락하지 않아."

—네. 저도 그냥 해본 말이에요.

"내가 말했지. 테라 너도, 흑기병도 이제는 내 가족이라고 말이야. 거기다 결과적으로 나와 연결될 테니 결과는 똑같아."

—…마스터.

스윽.

재중이 테라의 머리를 쓰다듬으면서 싱긋 웃었다.

"결국 아쉬운 사람이 먼저 움직이겠지. 기다리는 게 내 스타일은 아니지만 내가 저질렀으니 마무리도 내가 해야겠지."

—마스터.

연아를 위해서 이렇게 재중이 노력하고 있다는 것을 정작 연아 본인은 모르고 있다는 게 테라는 왠지 속이 상했다.

하지만 어쩌겠는가?

재중이 원하지 않는데 말이다.

그리고 만약 재중에게 무슨 일이 생긴다면 테라와 흑기병에게 명령을 내릴 수 있는 유일한 존재가 또 연아였다.

본인은 이런 사실을 까맣게 모르고 있지만 말이다.

"당장은 현실에 충실하자. 녀석이 뭔가 꿍꿍이가 있다면 조만간 움직일 테니 그때만 놓치지 마라."

—넷, 마스터!

띠리리리~

"……?"

테라와 대화를 끝내자마자 기다렸다는 듯 재중의 주머니에서 휴대전화가 울렸다.

"웬일이지?"

재중이 휴대폰을 꺼내보니 연아 이름이 찍혀 있었다.

연아가 전화를 건 것이 분명한데, 저녁 시간에 얼굴 보는 것도 그나마 다행일 만큼 바쁜 연아가 전화를 했다니 의아하기만 한 것이다.

고개를 갸웃거린 재중이 전화를 받자마자,

—오빠!

"응?"

갑자기 크게 소리쳐서 재중은 자신도 모르게 얼굴을 살

짝 찡그렸다.

—화인이 데리고 쇼핑했어? 안 했지? 그렇지? SY미디어에 맡기고 그냥 도망갔지? 그렇지?

거의 쉴 틈 없이 쏘아대는 연아의 잔소리에 재중은 당연하다는 듯 대답했다.

"응."

—…이럴 줄 알았어, 내가!

연아는 재중의 무신경함을 알기에 결국 이렇게 될 것도 짐작은 하고 있었다.

혹시나 해서 전화했는데 결국은 역시나였다.

—어제 오빠가 책임지고 쇼핑한다면서?

"응, 할 거야."

—언제?

"우선 SY미디어에서 한국어 공부를 해야 하니까 기다렸다 해야지."

—…….

연아는 너무나 천하태평인 재중의 모습에 결국 한숨을 크게 쉬더니 말했다.

—하아! 오빠, 지금 화인이 어떻게 있는지도 모르는구나? 아니, 관심이 없는 거지?

"무슨 말이야?"

—지금 당장 SY미디어로 가서 이태형 이사님한테 가봐. 그럼 알게 될 거야.

딸각!

"……?"

영문 모를 말을 하고는 전화를 끊어버리는 연아였다.

그 모습에 연아가 제법 화가 나 있다는 것을 느낀 재중은 곧바로 발걸음을 옮겼다.

*　　*　　*

"언제부터 저렇게 있었죠?"

재중이 SY미디어로 와서 연습생들을 구경하며 앉아 있는 화인의 모습에 물었다.

"오전 한국어 수업이 끝나자마자 그때부터입니다."

이태형 이사는 대답은 했지만 왠지 죄송스러워하는 표정이다.

화인은 한국어 공부를 끝내자 재중의 계획대로 호기심 가득한 표정으로 SY미디어 이곳저곳을 돌아다니면서 구경하기 시작했다는 것이다.

재중이 전날 이태형 이사에게 그냥 두라고 말했기에 직원들도 그런 화인을 딱히 제지하거나 막진 않았지만 그렇다고 친절하게 챙기지도 않았다.

당연히 직원들이야 각자 일이 있고 바쁘다 보니 그건 재중도 이해하지만, 재중이 생각지 못한 것이 있었으니 바로 연습생들의 스케줄이었다.

데뷔를 하고 싶다는 생각에 모인 연습생들이 한가하게 한국어도 못하는 화인과 놀아줄 리가 없었던 것이다.

영어와 중국어밖에 할 줄 모르는 화인은 철저하게 SY미디어에서 이방인일 뿐이었다.

재중 때문에 쫓겨나지만 않았을 뿐 그 누구도 신경 쓰지 않는 이방인 말이다.

가뜩이나 사람을 상대하는 것에 서툰 화인이 먼저 다가갈 리도 없었다.

그러니 결과적으로 그저 연습생들이 춤추고 노래 부르며 연습하는 것을 보면서 재중을 기다리고 있는 것이다.

"알겠습니다."

재중이 나직하게 말하자 이태형 이사는 그제야 조용히 뒤로 물러나 사무실로 올라갔다.

"무심했군."

재중도 화인의 모습을 보고서 자신의 잣대로만 모든 것을 판단하는 실수를 했다는 것을 스스로 인정했다.

과거의 재중이었다면 오히려 화인의 모습에 실망했을 것

이다.

마음에 칼날을 세우고 있었으니 말이다.

하지만 지금의 재중은 많이 바뀐 상태였다.

마음의 칼날도 이제는 거의 사라졌고 사람을 배려하는 것이 어떤 건지 조금씩 머리가 아닌 가슴으로 이해하고 있는 상태였다.

그렇기에 화인을 보자마자 자신이 뭘 잘못했는지 느낀 것이다.

그리고 연아가 왜 그리 화를 냈는지도 바로 알게 되었다.

지금 화인의 모습은 딱 재중과 연아가 고아원에 처음 갔을 때 그 모습과 너무나 닮아 있었다.

아무것도 모르는 곳에, 처음인 곳에 지금부터 살아야 하는 외로움과 두려움.

거기다 화인은 한국어도 하지 못하는 외국인이다.

소외감은 고아원에 있던 재중이 느낀 것보다 더 강하게 느꼈을지도 몰랐다.

* * *

"재미있어?"

재중이 조용히 화인의 곁에 다가가 작게 말하자 그제야

재중이 온 것을 확인한 듯 살짝 놀라며 물었다.

"저렇게 힘들어하면서 왜 춤을 추는 거예요?"

"응?"

재중은 뜬금없는 화인의 질문에 고개를 돌려 연습하고 있는 연습생들을 쳐다봤다.

베인티가 인기를 끌자 당연히 SY미디어의 이름도 연예계를 지망하는 지망생들 사이에 소문이 퍼졌다.

그런데 이태형 이사는 만들어진 아이돌이 아닌, 뭔가 자연스러운 아이돌을 추구했다.

동시에 베인티 멤버 개인의 개성을 중요하게 생각해 방송에서 톡톡 튀는 개성을 뽐내게 했다.

그러면서 SY미디어의 이미지가 좋게 인식된 것이다.

그런데 가장 확실하게 좋은 기획사라는 인식이 각인된 것은 뜻밖에도 다른 것 때문이었다.

최근 국내에서 내로라하는 대형 기획사에서 노예 계약 때문에 소속 가수가 소송을 하는 사태가 벌어졌었다.

워낙에 해당 가수가 인기가 높다 보니 크게 이슈화되면서 덩달아 가수와 기획사와의 계약이 사람들의 이목을 끌게 되었다.

그런데 그중에서 가장 계약이 깨끗하고 소속 가수를 위하는 기획사로 SY미디어가 언론에 발표되었다.

그 결과 SY미디어의 인지도가 놀랄 만큼 크게 올라 버렸다.

거기다 연습생으로 뽑히기만 하면 오히려 돈을 받아가면서 연습생으로 생활할 수 있는 특이한 구조라는 게 밝혀지기도 했다.

그 구조는 한때 진짜인지 거짓인지 논란거리가 될 만큼 파격적으로 받아들여졌다.

하지만 기자들이 알아본 결과 정말 SY미디어는 돈을 퍼붓는다고 해도 과언이 아닐 만큼 소속 가수들에게 지원을 아끼지 않았다.

그러한 사실이 밝혀지자 2기 연습생 모집에 200:1이라는 엄청난 경쟁률까지 기록하는 장면을 연출했다.

기획사의 규모는 작은데 인지도는 웬만한 대형 기획사 못지않은 조금은 특이한 기획사가 된 것이다.

물론 그런 지원이 가능한 것은 모두 재중의 무식한 자금지원이 있기에 가능했다.

이태형 이사가 자금 요청하는 메일을 보내면 재중이 읽어보고 괜찮다 싶으면 무조건 오케이를 해버린다.

그러니 자금이 부족할 이유가 없었다.

일반적인 상식으로 보면 현재 SY미디어는 절대로 흑자운영이 아니었다.

오히려 적자 운영에 가까울 만큼 복지와 시설 면에서는 그다지 좋은 평가를 받지 못했다.

한데 그와 반대로 직원과 연습생을 비롯해 소속 가수들마저도 SY미디어에 만족하느냐는 질문에는 모두가 서슴없이 가장 최고라고 손꼽았다.

그런데 과연 재중은 어째서 이렇게 SY미디어에 돈을 퍼붓는 것일까?

물론 재중은 돈이 많다.

돈을 물 쓰듯 쓰고 있지만 오히려 테라가 재중이 쓰는 것보다 몇 배나 많은 돈을 만들어내고 있는 중이다.

그래서 오히려 돈은 쌓이고 있었다.

하지만 그러한 재산상의 이유와는 별개로, 이윤을 남겨야 하는 사업이라는 의미를 생각해 보면 지금 재중이 하는 것은 밑 빠진 독에 물 붓는 것과 다를 바가 없었다.

한 달에 최소 몇 천만 원, 혹 대형 프로젝트라도 하나 시작하면 최대 1억까지 지원하고 있다.

일반적으로 이 정도 지원이면 최소 50% 이상은 수익을 얻어야 정상인데 뜻밖에도 쓰는 돈은 많은데 버는 돈은 투자의 10%도 안 되는 것이다.

실제로 재중이 SY미디어를 인수하고 나서 지금까지 단 한 푼도 이윤을 남긴 적이 없다는 것만 봐도 충분히 알 수 있었다.

그런데 왜 이렇게 돈을 쓰면서 SY미디어를 유지하는 걸까?

이유는 의외로 너무나 간단했다.

재중은 많은 돈을 쓰더라도 대외적으로 방패막이가 되어줄 간판이 필요했었다.

그런데 그것이 때마침 유서린을 위해서 사들인 SY미디어가 되었을 뿐이다.

S대 학생 신분일 뿐, 변변한 직장이 없는 재중이었다.

그런 그에게 SY미디어 대표라는 것은 웬만큼 큰돈을 움직여도 문제없을 만한 타이틀이었으니 말이다.

거기다 연아가 시집갈 때 재중이 SY미디어 대표라는 간판도 좋은 역할을 할 것이다.

비록 재중이 SY미디어를 직접 운영하지 않는다 하더라도 SY미디어의 실제 소유주라는 것만큼은 변하지 않으니 말이다.

거기다 세간의 평가도 깨끗한 기획사, 가수를 진정으로 위하는 기획사라는 입소문이 퍼진 상태이기에 이미지도 좋으니 최고이다.

재중은 오로지 연아가 시집갈 때 어떻게든 꿇리지 않는 결혼을 시키기 위해 스펙을 쌓고 있는 것이다.

다만 연아가 시집을 가야만 이 모든 게 빛을 발한다는 것이 단점이긴 했지만 말이다.

"꿈이니까 그렇지 않을까?"

재중이 대답했다.

상투적인 말이긴 하지만 연습생들의 몸에서 뿜어져 나오는 오라를 보면 그녀들이 얼마나 자신의 모든 것을 쏟아붓고 있는지 알 수 있었다.

"부럽네요."

"……."

재중은 화인이 그저 멍하니 보고 있었던 게 아니라는 것을 알게 되었다.

화인은 연습생들이 너무나 부러워서 지켜보고 있었던 것이다.

언제 아미파의 눈에 잡힐지 모르는 화인이다.

연습생조차도 부러워해야 하는 것이 화인이 처한 현실이었다.

"재중은 얼마나 강해요?"

뜬금없이 물어오는 화인의 모습에 재중의 대답은 너무나 빠르고 간단했다.

"인간 중에 나를 이길 존재는 없다."

"풋!"

순간 재중의 대답을 들은 화인은 웃음을 터뜨렸다.

그녀는 곧장 손으로 입을 틀어막으면서 정색하고는 허둥지둥 재중에게 사과했다.

"미, 미안해요. 나쁜 뜻이 있는 건 아니에요."

나쁜 뜻이 아니라고 해도 누가 봐도 비웃음에 가까운 웃음이다.

만약 아미파 내에서 화인이 상대에게 저런 웃음을 보였다면 생사결을 하자고 달려들어도 할 말이 없을 만큼 커다란 실례였다.

그래서 황급히 정색하면서 사과한 것이다.

아무리 아미파가 불교를 지향한다고 해도 무림 문파로서의 성격이 강했다.

그러다 보니 자존심에 자신의 모든 것을 거는 녀석도 많았다.

의외로 화인도 그런 자존심에 목숨을 잃는 사람들을 자주 봤기 때문에 자신이 웃음을 터뜨리고도 당황했다.

혹시라도 재중이 기분이 나빴다면 큰일이니 말이다.

"괜찮아. 믿고 믿지 않고는 본인 마음이니까."

"기분 나쁘지 않아요? 실수라도 해도… 제가 비웃었는데?"

너무나 평온한 표정의 재중의 말에 오히려 믿을 수 없다는 표정을 지은 화인이다.

그녀가 재중에게 되물어보자 재중은 씨익 웃으면서 대답했다.

"내가 강한 건 변함이 없으니까. 나에게 남이 알아주는 건 그다지 의미가 없기도 하고."

재중은 진심으로 대답했다.

사실 재중에게 강한 힘은 그저 앞으로 살아가는 데 도움이 되는 부수적인 것일 뿐이다.

정말 중요한 것은 재중 본인의 마음이지, 주변 사람들의 눈은 아무런 상관이 없었다.

애초에 재중이 단지 강함만을 지향했다면 아마 지구에 오자마자 깽판을 치고 다녔을 것이다.

마음먹고 북미나 러시아를 박살 내고 '내가 짱이다!' 하면서 선전포고를 할 수도 있었을 테니 말이다.

"…어째서요? 강하면 당연히 보여주고 싶잖아요."

여태까지 화인이 알고 있는 강함은 오로지 보여주기 위한 것이었다.

그러니 재중의 대답을 이해하지 못하는 것이다.

그도 그럴 것이, 힘을 과시하고 그것을 발판으로 크기를 불리고 있는 아미파만 보아온 화인이다.

꼭두각시 장문인이라고 해도 보고 듣는 것이 있다.

그리고 그런 그녀가 본 아미파와 세상은 너무나도 단순했다.

강하면 짱이고 모두가 알아서 굴복하며 돈이고 땅이고 바치는 세상이었다.

하지만 지금 화인이 보는 재중은 강하지만 아미파와는 조금 다른 강함을 갖고 있었다.

집안 식구들조차 재중이 강하다는 것을 전혀 모르고 있다는 것을 연아에게 들은 화인은 조금 충격을 받았다.

물론 재중이 숨긴다는 느낌을 받았기에 굳이 연아에게 밝히진 않았다.

그동안 눈칫밥을 먹고 살아오면서 유일하게 늘어난 것이라면 상황을 보고 눈치껏 대처하는 법뿐이다.

"글쎄, 왜 그럴까? 굳이 말하자면 내 맘이랄까?"

"그야… 그렇긴 한데……."

재중이 강한 걸 내보이기 싫다면 할 말은 없다.

내가 싫다는데 어쩌겠는가?

아무리 예쁜 여자가 다가와도 본인이 싫으면 그걸로 끝이다.

"그보다 이렇게 연습생들만 보고 있지 말고 그만 나와 같이 화인이 입을 옷 좀 사러 갔으면 하는데……."

"네? 옷… 이요?"

"연아가 아무 말 없었어?"

"동생분이요? 아니요. 그런데 저 더러워요?"

앞으로 입을 옷이 없기에 사러 가자고 했을 뿐인데 갑자기 더럽냐고 묻는다.

재중은 고개를 갸웃거렸다.

지금 화인이 입고 있는 옷은 중국풍이긴 하지만 외출복으로 해도 그다지 문제가 없는 캐주얼한 옷이었으니 말이다.

거기다 깔끔하고 옷 자체는 깨끗했다.

아무리 꼭두각시 장문인이라고 해도 아미파의 얼굴이었으니 어느 정도는 관리를 한 듯했다.

그 증거로 지금까지 SY미디어에서 그 누구도 화인의 옷차림이 이상하다고 느끼지 못했다.

"깨끗한데 왜 그러지?"

"아니… 옷이 더러워져야만 다른 옷을 바꿔줬거든요. 아미파에서는."

화인에게 아미파는 애증이 가득한 곳임에 틀림없었다.

그곳에서 태어났으니 고향이나 다름없는 곳이다.

하지만 철이 들 무렵부터 아미파 장로들의 인형이 되어 자라왔으니 증오스럽기도 했다.

좋은 감정과 싫은 감정이 뒤섞인 곳, 화인에게 아미파는 딱 그런 곳이었다.

"아니, 앞으로 지낼 동안 지금 입고 있는 옷 하나만 입고 살아갈 수는 없으니까 말이야. 그리고… 아……."

갑자기 말하던 재중은 탄식을 내뱉으면서 곤란한 표정을 지었다.

"그러고 보니 속옷도 사야 했군. 쩝."

그러고 보니 재중은 쇼핑을 하면서 필수적으로 화인의 속옷을 사야만 했다.

옷을 사러 가는 이유가 바로 화인의 속옷 때문이라고 해도 과언이 아니다.

하지만 문제라면 재중이 남자라는 것이다.

거기다 태어나서 지금까지 여자 속옷을 사본 적이 없으니 난감한 표정을 짓는 것은 당연했다.

그리고 정말 때가 맞지 않는 것인지 재중의 주변에 있는 그나마 친한 여성들이 모두 지금 눈코 뜰 새 없이 바빴다.

때마침 도와줄 사람이 없다는 것도 지금 재중을 곤란하게 하는 이유 중의 하나였다.

연아와 천서영은 사업이 막바지에 이르렀는지 학교도 거의 나가지 못한다고 했고, 캐롤라인도 때마침 브라질로 간 상태이다.

'내가 이렇게 인맥이 빈약했나?'

재중은 지금까지 주변에 누군가가 없다는 것에 대해 크게 생각해 본 적이 없다.

테라와 흑기병이 있고, 딱히 사람 사귀는 것을 좋아하는 성격도 아니었으니 말이다.

외로움을 느끼지 못하니 사람 사귀는 것에 저절로 무감각해져 버린 것이다.

사실 딱히 크게 문제도 없었다.

하지만 지금 이 순간 재중은 난감했다.

자신이 데려온 화인이니 연아 말대로 최대한 책임을 지는 것도 재중의 몫이다.

그렇다고 이제 열일곱 살 소녀의 속옷을 자신이 골라주는 것도 난감했다.

혹시나 하는 마음에 재중은 화인에게 물었다.

"속옷은 스스로 살 수 있지?"

최소한 자기 속옷 정도는 살 수 있을 거란 기대감에 물었지만,

"속옷이요? 아니요. 전 지금까지 사주는 것만 입었는데요."

"……."

감옥 같은 곳에 가둬놓고 키워진 화인이 자기 속옷을 직접 사본 적이 있을 리 없었다.

재중도 예상은 했지만 혹시나 하는 기대를 가지고 물어봤을 뿐이다.

결과는 역시나로 끝났지만 말이다.

“그럼 본인 속옷 치수도 모르겠군.”

“그거 알아야 해요?”

오히려 재중에게 자신의 속옷 치수를 알아야 하느냐고 물어본다.

화인의 순진한 눈동자를 보니 해결책은 하나뿐이라는 생각이 든 재중이다.

‘쩝, 별수 없이 테라를 불러내야 하나.’

현재 테라는 연아와 주변 사람들에게 미국으로 자신의 꿈을 찾아서 떠난 것으로 되어 있다.

그래서 웬만하면 테라를 드러내는 것을 꺼린 재중이었다.

하지만 지금 상황에서는 선택의 여지가 없었다.

서른네 살 노총각이 열일곱 살 소녀의 속옷을 사러 따라가면 누가 봐도 변태 취급할 테니 말이다.

Chapter 07
연습생과 쇼핑

—마스터.

'응?'

—차라리 제가 나가는 것보다 여기 연습생 하나를 데리고 가는 게 어떠세요?

'응? 여기 연습생을?'

—이 기회에 SY미디어의 대표가 누군지 알려주는 것도 좋잖아요, 마스터.

'……'

재중은 테라가 평소처럼 당연히 '마스터~ 제가 예쁜 거

잘 골라줄게요' 하면서 당장에라도 튀어나올 것으로 생각했다.

그런데 웬일로 연습생 중에 한 명을 데리고 가라고 하는 것이다.

재중은 의심스러운 눈빛으로 테라가 있는 자신의 그림자를 쳐다보았다.

—왜 그러세요?

마치 순진하게 자신은 아무것도 모른다는 듯한 목소리가 들렸다.

재중은 무슨 꿍꿍이인지 모르지만 딱히 나쁜 의견도 아니라는 생각에 고개를 끄덕였다.

'알았다. 굳이 그러길 원한다면.'

조금은 웃기지만 2기로 SY미디어에 들어온 연습생 중에 재중을 본 사람은 단 한 명도 없었다.

보통 기획사에서는 연습생이 들어오면 대표가 일부러라도 한 번은 연습생들을 찾아와 얼굴을 보여주는 것이 대부분이다.

그게 연습생들에게 심리적으로 잘하면 데뷔시켜 준다는 확신을 심어주기에 가장 좋은 방법이었으니 말이다.

하지만 재중은 그러지 않았다.

심지어 거의 출근도 하지 않고 정말 회사에 무슨 일이 생기지 않으면 직원들조차 재중의 얼굴을 잊어버릴 만큼 무책임한 대표이니 말이다.

"그럼 우선 이태형 이사에게 물어봐야겠지?"

하지만 재중이 대표라고 해도 절차가 있고 단계가 있는 법이다.

이건 회사를 유지하는 데 가장 필수적인 요건이다.

아무리 재중이 대표라고 해도 연습생을 총괄 책임지고 있는 이태형 이사에게 말도 하지 않고 그냥 데리고 나가는 것은 해서는 안 되었다.

책임자를 통하는 것은 귀찮긴 해도 그래야만 하는 것에는 다 이유가 있으니 말이다.

대표라고 모든 것을 마음대로 하는 것은 나 개념 없는 대표라는 것을 대놓고 말하는 것이나 마찬가지다.

대표이지 책임자는 아니니 말이다.

띠리리~

재중이 폰을 꺼내 이태형 이사에게 전화를 걸자,

―네, 대표님.

기다렸다는 듯 이태형 이사가 전화를 받았다.

"연습생 중에 한 명을 데리고 잠시 외출해도 될까요?"

―네?

웬일로 재중이 전화를 걸어서 찾는가 싶던 이태형 이사

는 뜬금없이 연습생 중에 한 명을 데리고 외출한다는 말에 살짝 놀랐다.

—혹시 무슨 일이… 있으십니까?

재중을 나름 잘 알고 있다고 생각하지만 대표가 마음에 드는 연습생을 건드리는 경우가 의외로 흔한 곳이 연예계 바닥이다.

자연히 경계하는 듯한 이태형 이사의 목소리다.

“오늘 온 화인이 옷을 사려고 하는데, 제가 속옷 사는 데까지 따라가기 그래서 부탁 좀 하려고 합니다.”

—네? 속옷… 이요? 아, 그렇군요.

이태형 이사도 화인이 밀입국을 했다는 것을 재중에게 직접 들었기에 바로 이해했다.

—아, 험험, 그러시군요. 그럼 혹시 누구를?

이태형 이사는 재중이 원하는 연습생이 따로 있느냐고 물었다.

“그냥 가장 시간적 여유가 있는 사람이면 됩니다. 어차피 금방 옷만 사고 복귀할 테니까요.”

—아, 그럼 제가 일단 내려가겠습니다.

이태형 이사는 이 기회에 연습생들에게 재중을 소개하고 SY미디어의 베일에 싸인 대표를 알려줄 기회라는 생각을 했다.

이태형 이사가 서둘러 자리에서 일어나 연습실이 있는 지하로 내려왔다.

그리고 그곳에서 이태형 이사가 본 것은 정말 화인과 함께 자신을 기다리고 있는 재중이었다.

"대표님, 잘됐습니다. 안 그래도 언제 대표님을 연습생들에게 소개할지 고민하고 있었거든요."

"저를요? 굳이 왜?"

재중은 SY미디어 경영에 전혀 관여하지 않고 있기에 굳이 자신이 연습생들과 인사를 해야 할 필요성을 느끼지 못하고 있었다.

그런 재중의 모습에 이태형은 순간 좀 전 통화 중에 재중을 의심한 것이 살짝 미안해 환하게 웃으면서 말했다.

"그래도 대표로서 연습생을 만나 나중에 데뷔할 수 있다는 확신을 심어주는 것도 중요한 역할입니다. 다른 기획사에서는 연습생 오디션은 전문가가 보지만, 대표가 합격한 연습생을 한 번은 만나는 것이 관례입니다."

"그래요? 뭐 그럼……."

테라와 같은 말을 하는 이태형 이사의 모습에 그렇구나 하고 고개를 끄덕인 재중이었다.

재중은 한창 춤 연습 중인 연습실로 이태형 이사를 따라 들어갔다.

딱!

정확하게 이태형 이사가 들어서는 순간 음악이 끊겼다.

그와 동시에 마치 군인들처럼 연습생들이 일사불란하게 모이더니 모두의 얼굴을 볼 수 있게 일렬로 나란히 섰다.

그리고 연습이라도 한 듯 동시에 고개를 숙이면서,

"이사님, 안녕하세요!!"

우렁차게 인사하는 것이다.

확실히 밥 먹고 춤과 노래 연습만 하는 애들이라 그런지 인사를 하는데 목소리가 우렁찼다.

"오늘 우리 SY미디어에 대표님이 오셨습니다. 아직 이번에 들어온 2기 연습생들은 대표님을 뵌 적이 없죠?"

"네? 대표님이요?"

갑자기 SY미디어 대표가 왔다는 말에 연습생들이 웅성거리기 시작했다.

춤과 노래를 전문적으로 가르치는 트레이너들도 호기심 가득한 표정을 지었다.

아직 이곳에 있는 그 누구도 재중을 본 적이 없으니 말이다.

모두 이태형 이사가 면접을 보고 뽑은 연습생과 전문 트레이너이다.

거기다 연습생들 사이에 은근히 SY미디어 대표가 아직

대학생이라는 소문이 돌았다.

호기심을 자극하는 이야기라 모두가 궁금했지만 차마 대표님을 보여달라고 말하기 어려운 위치의 연습생들은 마냥 기다리고 있었다.

그런데 그 기다림이 결국 결실을 맺었는지 드디어 베일에 싸인 SY미디어 대표가 왔다는 것이다.

다들 웅성거리면서 주변을 둘러보며 허둥대기 시작했다.

"뭘 그리 찾는 거죠?"

이태형 이사는 연습생들이 주변을 살피는 모습에 물었다.

"대표님은 언제 오세요?"

"바로 여기 있잖아요. 우리 SY미디어 대표이신 선우재중 대표님입니다. 인사들 하세요."

"……."

"……."

순간 이태형 이사 옆에 서 있는 재중을 본 연습생 전원과 전문 트레이너들은 멍하니 재중을 쳐다보았다.

평범한 옷차림, 아니, SY미디어의 대표라고 하기에는 오히려 허름한 옷차림이라 해야 할 모습의 재중은 그들에게는 나름 충격이었다.

티셔츠에 청바지, 그리고 운동화를 신고 있는 모습은 길거리에서 흔하게 볼 수 있는 20대 초반의 남자, 아니, 대학생과 똑같았으니 말이다.

최소한 대표라면 슈트 차림에 깔끔한 모습을 생각한 모두에게는 나름 걸쳐 쇼크였다.

"어허~ 험험!"

이태형이 너무나 놀라서 재중을 쳐다만 보고 있는 연습생과 트레이너들의 모습에 살짝 당황하면서 일부러 헛기침을 몇 번 했다.

"아, 안녕하세요, 대표님."

"안녕하세요, 대… 표님."

눈치 빠른 연습생 중 하나가 재중에게 인사를 하자 다른 이들도 얼떨결에 재중에게 인사를 하는데 그 모습이 엉성하기만 했다.

그리고 당연히 그런 모습에 이태형 이사의 표정은 좋지 못했다.

"험!!"

멈칫!

이태형 이사가 크게 헛기침을 하자 순간 연습생들과 트레이너들이 바싹 얼어붙은 표정으로 차렷 자세가 되었다.

"대표님을 보고 지금 그게 인사하는 태도입니까?!"

화가 난 이태형 이사의 큰 소리에,

움찔!

"죄, 죄송해요, 이사님."

바짝 얼은 목소리로 사과하지만, 이미 잔뜩 화가 난 이태형 이사를 가라앉히기에는 역부족이었다.

다른 직원들은 몰라도 이태형 이사에게 재중은 정말 최고의 대표였다.

거기다 이제는 SY미디어뿐만이 아니라 마음만 먹으면 대한민국 연예계를 쥐고 흔들 수도 있는 자본력을 가진 빅핸드라는 것을 알아버리기도 했다.

그러니 그로서는 더더욱 연습생들의 태도에 화가 날 수밖에 없었다.

그런데 크게 다그치려는 이태형 이사를 막은 것은 재중이었다.

"괜찮아요, 이사님."

"하지만… 죄송합니다. 제가 교육을 잘못 시켰나 봅니다."

이태형 이사가 재중을 향해 90도로 허리를 숙여 인사했다.

그 모습을 본 연습생들과 트레이너들은 더욱 얼음 덩어리가 되어버렸다.

긴가민가하던 것이 확신으로 변했으니 말이다.

그리고 방금 자신들이 보인 태도가 당연히 좋게 돌아오지 않을 수도 있다는 생각이 들었다.

그러자 다들 바짝 긴장했다.

정말 아닌 말로 재중이 이번 연습생들이 마음에 들지 않는다고 하면 꼼짝없이 자신들은 찬밥이 되고 당장 3기 연습생을 뽑을 수도 있으니 말이다.

전문 트레이너들도 마찬가지였다.

재중이 마음에 들지 않는다고 한마디만 하면 이태형 이사는 당연히 트레이너들도 바꿔 버릴 것이 뻔했다.

오로지 실력만 보고 웬만한 중견 기획사보다 돈을 더 주는 SY미디어다.

이곳에서 쫓겨나면 그날로 트레이너 인생을 접어야 할지도 모른다.

이곳은 입소문이 한번 잘못 퍼지면 그날로 트레이너를 접어야 할 만큼 소문이 무서운 곳이었다.

특히 SY미디어처럼 직원들에게 잘해주기로 알려진 곳에서 쫓겨났다는 소문이 퍼지면, 당연할 정도로 트레이너의 인성부터 의심당할 것이다.

그러면 누구도 쉽게 써주지 않을 테니 말이다.

"긴장들 하지 마세요. 대표라고 해도 어차피 전 일 년에 한두 번 출근하는 사람이니까요."

씨익~

재중은 나름 긴장을 풀라는 의미로 환하게 웃어 보였다.

하지만 상황이 이렇다 보니 연습생들도 재중을 따라 웃긴 하지만 표정이 얼어 있었다.

그래서 그런지 다들 썩은 미소를 닮은 웃음이 되어버렸다.

"쩝, 분위기부터 풀어야겠군."

재중은 이미 화가 난 이태형 이사 때문에 잔뜩 긴장한 연습생과 트레이너들을 보고는 난처해하며 말했다.

"이사님."

"네, 대표님."

"전 우선 연습생들과 잠깐 이야기를 할 테니 그만 올라가서 일 보세요."

축객령 같지만 웃으면서 살짝 윙크하는 재중이다.

재중의 그 모습에 이태형 이사는 재빨리 눈치채고는 고개를 끄덕였다.

이제 그만 됐으니 올라가라는 재중의 뜻을 이해한 것이다.

이렇게 얼어 있는 상태에서 당장 한 명을 데리고 쇼핑을 간다는 것은 분위기만 더 해칠 것이다.

그리되면 오히려 재중이 더 피곤한 상황이 되어버릴 테

니 다그치는 것은 나중에 하고 우전 지금은 자신에게 맡겨 달라는 뜻이다.

"알겠습니다. 단 트레이너들은 우선 저와 잠시 면담을 해야겠습니다."

연습생이야 아직 어리고 경험이 없다 보니 당황해서 실수할 수 있다.

하지만 이 바닥에서 나름 경험이 있는 전문 트레이너들까지 재중에게 실수한 것은 이대로 그냥 넘어가서는 안 될 일이다.

이태형 이사는 즉시 트레이너들을 데리고 밖으로 나갔다.

당연히 도살장 끌려가는 송아지마냥 기가 죽은 모습이었다.

하지만 자기 월급 주는 사람을 몰라보고 실수를 한 것만큼은 입이 열 개라도 할 말이 없는 일이었다.

*　*　*

"저기… 정말 대표님이세요?"

그나마 이태형 이사가 올라가고 난 뒤 재중이 사람 좋은 미소를 보이면서 어느 정도 다독였으니 망정이다.

아니었으면 정말 몇 시간 동안 눈치 보는 사람들을 상대로 있을 뻔한 재중이다.

그리고 어느 정도 분위기가 풀렸다는 것을 눈치껏 알아챈 연습생 중에 하나가 재중에게 물었다.

"네. 제가 얼마 전에 인수했으니 제가 대표인 것은 맞죠."

"그럼… 소문이 사실이에요?"

"소문?"

재중이 첫 질문에 부드럽게 대답하자 용기를 얻었는지 다시 질문하는 연습생이다.

"그게… 저희 SY 대표님이 S대 학생이고 20대 초반이라는 소문이 있거든요. 진짜 S대 학생에… 나이가 20대 초반인가 해서요."

물어보면서도 슬쩍 재중의 눈을 똑바로 보는 연습생의 모습에 재중은 웃으면서 대답했다.

"우선 현재 S대 다니는 건 맞아요."

"우와!! 진짜요?!"

"정말 S대 학생이래!"

한국에서 S대 학생이라는 스펙은 나름 어디 가서 자랑해도 될 정도이기에 다들 놀라는 것이 당연했다.

거기다 연습생들은 아무래도 춤과 노래가 좋아서 온 만

큼 공부와는 담을 쌓고 있는 편이다.

그래서 그런지 더욱 놀라워했다.

"하지만 20대 초반은 아니에요. 법적으로 올해 서른네 살이니까 뭐 노총각쯤 되겠군요."

"헐! 말도 안 돼!"

"저 얼굴이 어떻게 서른네 살… 아저씨란 말이야?"

"저건 동안을 넘어… 방부제 수준이야!"

재중의 나이를 듣고는 연습생 전원이 놀라 버렸다.

겉으로 보아 재중의 나이는 20대 초반? 아니, 이제 스무 살로 보일 만큼 어려 보였다.

아까 연습생들이 재중을 소개했을 때 많이 당황한 것에는 그런 이유도 있었다.

설마 정말 저렇게 젊은 사람이 SY미디어 대표일 거라고는 상상도 못했기 때문이다.

그런데 저렇게 젊은 얼굴이 실제로는 서른네 살의 노총각이라는 것은 연습생들의 혼을 빼놓기에 충분했다.

누가 봐도 스무 살 아니면 스물한 살로 보이는 재중의 외모였으니 말이다.

특히나 동안에 필수적인 깨끗하면서도 새하얀 피부가 눈에 띄었는데, 외모를 체계적으로 관리하는 연습생들이 봐도 놀랄 정도였다.

한마디 하는 것이 힘들었을 뿐 재중이 부드럽게 질문을 받아주자 하나둘씩 말하기 시작했고, 그렇게 처음의 잔뜩 얼어 있던 분위기는 찾아볼 수 없을 만큼 금방 부드러워졌다.

“자, 그럼 우선 오늘 연습이 모두 끝났거나 시간적 여유가 되는 사람이 있나요?”

어느 정도 친해졌으니 재중이 본론을 꺼내기 위해서 물어봤다.

하지만 연습생들은 서로 눈치만 볼 뿐 딱히 나서는 사람이 없었다.

아무리 재중이 편하게 해줬다고 해도 재중은 대표이고 자신들은 연습생이다.

부담이 되지 않는다면 거짓말이다.

하지만 물어왔으니 대답은 해야 했기에 서로 눈치를 볼 수밖에 없었다.

“저… 제가 오늘 연습을 모두 마친 상태예요, 대표님.”

결국 가장 끝에 있는 단발머리에 커다란 눈이 매력적인 연습생이 손을 들고 나섰다.

물론 재중이 슬쩍 봐도 연습생 중에 리더 격으로 다른 연습생들의 눈치를 살펴보고 손을 드는 것을 알 수 있었다.

하지만 재중은 일부러 모른 척했다.

"그럼 저와 같이 외출을 좀 해야 하는데 괜찮죠?"

"외, 외출이요?"

"네."

"대표님과… 둘이요?"

아무리 대표라고 해도 남자와 단둘이 외출한다는 말에 살짝 놀라는 눈빛이다.

그러자 재중이 피식 웃으면서 말했다.

"저기 예쁘장한 아이 보이죠?"

"네? 아, 네."

연습생들도 화인의 존재를 알고는 있지만 굳이 일부러 다가가진 않았다.

연습실 안으로 들어오지 않는 모습에 그저 외부인이려니 하고 나서지 않은 것이다.

외부인이라면 오히려 자신들이 먼저 다가가는 것이 실례였다.

그리고 사실 연습이 바빠서 화인을 상대할 여유도 없었다.

"저 아이 옷을 사러 가야 하는데 속옷까지 내가 사줄 수가 없어서 도움을 받고 싶은데 어떤가요?"

재중이 정중하게 물어보자 그제야 연습생은 고개를 끄덕이면서 대답했다.

"네. 제가 도움이 된다면……."

"그럼 이름이 뭐죠?"

이름도 모르고 같이 쇼핑을 갈 수는 없기에 재중이 물었다.

"다솜이에요. 임다솜."

"그럼 이제 다솜 양이라고 부를게요. 괜찮죠?"

"네? 네, 대표님."

그렇게 다솜은 연습생 중에 리더 역할을 하고 있는 이유만으로 졸지에 재중과 같이 화인의 옷을 사러 가게 되어버렸다.

연습생이 회사 대표와 쇼핑이라는 엄청난 부담감을 느끼게 되는 일을 하게 된 것이다.

Chapter 08
잠깐의 해프닝(1)

“이건 별로예요. 저게 좋아요.”

“아~ 이건 좀 아쉽네요. 이건… 좀 작고…….”

재중이 다솜과 함께 화인의 옷을 사러 백화점에 와서 약 10분이나 지났을까?

처음 재중을 어려워하던 다솜의 모습은 순식간에 사라져 버렸다.

아니, 오히려 앞장서서 리드하며 진두지휘까지 했다.

쇼핑을 하는 여자는 변화무쌍하다는 말을 어디서 듣긴 했지만 설마 저렇게 돌변할 줄은 재중도 몰랐다.

물론 처음부터 다솜의 표정이 저렇게 돌변한 것은 아니었다.

그저 쇼핑에 따라와 준 것이 고마워서 재중이 다솜에게 마음에 드는 옷을 몇 벌 사도 좋다는 허락을 해준 후부터였다.

그 후로 저렇게 변했으니 확실히 쇼핑은 대단한 마력을 가지고 있는 듯했다.

다솜은 화인의 옷을 보면서 틈틈이 자신의 옷도 동시에 스캔하고 있었다.

그 모습을 보면 정말 여자란 존재는 동시에 몇 가지 일을 할 수 있는지 궁금하면서 또 한편으로는 신비로웠다.

심지어 어떤 존재도 따라갈 수 없을 만큼 엄청난 감각을 가지고 있는 재중보다 더욱 정확하면서도 세심하게 옷을 본다.

다솜은 보는 것만으로도 화인의 몸에 맞는지 안 맞는지 판단하는 능력을 갖고 있었다.

그것만큼은 정말 혀를 내두를 만큼 대단했다.

거기다 그녀는 지치지도 않는지 벌써 한 시간째 옷을 입었다 벗었다 하고 있음에도 표정만큼은 한없이 밝았다.

그리고 화인도 그런 다솜과 같이 어울리며 점차 적응해 가고 있었다.

처음에는 다솜의 손에 이끌려 우물쭈물하기만 하더니 곧 옷을 갈아입어 보며 고르는 것에 완전 빠져들어 있는 모습이다.

마치 그동안 쇼핑을 하지 못했던 한을 풀 듯 화인의 쇼핑 흘릭은 마치 블랙홀 같은 느낌까지 주고 있었다.

그나마 재중의 눈치를 살짝 보면서 정말 필요한 것만 사는 것이 천만다행이라면 다행이긴 했지만 말이다.

그런데 문제는 오히려 그렇기 때문에 선택하는 데 더욱 신중히 고민하느라 시간만 흘러가는 중이라는 것이다.

"모두 오백이십오만 원입니다, 고객님."

무려 네 시간 동안 다솜과 화인이 백화점에서 쇼핑을 한 결과물이다.

"헉!!"

"……?"

직원이 말한 액수를 들은 다솜은 순간 너무 놀라서 몸이 얼어버렸다.

하지만 화인은 그 모습을 보고 고개를 갸웃거렸다.

아직 스스로 돈을 써본 경험이 없는 화인이다.

다솜과는 달리 돈에 대한 개념이 거의 없다시피 한 것이다.

그래서 화인은 지금 자신들이 쇼핑한 액수가 얼마나 많

은 금액이 나온 건지 전혀 이해를 하지 못하고 있었다.

"대표님, 몇 개 뺄까요?"

다솜은 자신이 산 코트와 점퍼, 그리고 가방 하나의 합계가 백만 원이 넘었다는 것에 뒤늦게 정신을 차리고선 허둥지둥했다.

하지만 재중은 그런 다솜을 보면서 살짝 웃으며 말했다.

"괜찮아요. 오늘 도와준 선물이니까요."

재중은 오히려 그런 다솜을 막고는 품에서 카드를 하나 꺼내 직원에게 건넸다.

테라가 일반적으로 그냥 편하게 쓰라고 만들어준 것이었다.

투명하면서도 황금빛이 은은히 감도는, 한눈에 봐도 고급스러운 카드다.

"……?"

재중의 카드를 받은 직원이 고개를 갸웃거렸다.

생전 처음 보는 카드였기 때문이다.

사실 이 카드는 재중의 통장에 들어 있는 돈을 무제한으로 꺼내 쓸 수 있는 것으로 좀 특이한 체크카드나 마찬가지였다.

물론 그 특이한 점이 세계에서도 상위 1% 안에 드는 사람들만 사용하는 카드라는 것이지만 말이다.

당연히 재중은 테라가 만들어준 카드가 그런 카드일 거라고는 전혀 생각지도 못했다.

백화점 직원은 지금까지 재중의 행태가 새파랗게 젊은 놈이 어디 가도 시선을 받을 만한 미모의 여자를 꾀려고 돈지랄하는 것으로밖에 보이지 않았다.

그래서 내심 어떻게 하나 지켜보는 중이었는데, 재중이 내민 카드가 백화점에서 3년을 일했으나 본 적이 없는 카드였던 것이다.

당연히 직원으로서는 고개를 갸웃거릴 수밖에 없었다.

거기다 카드를 카드 인식기에 긁자 갑자기 기계에서 푸른색의 알람이 뜨더니 곧바로 무전기가 울리는 것이 아닌가?

"네? 네. 아, 네, 알겠습니다."

무전기 건너편에서 들려온 것은 무조건 지금 카드를 준 손님을 붙잡고 있으라는 책임자의 말이었다.

그는 책임자의 말을 듣고는 영문을 몰라 하는 표정이 되어버렸다.

"고객님, 카드가 인식을 하지 못해서 다른 단말기를 가져올 테니 잠시만 기다려 주시겠습니까?"

"그러죠."

재중은 혹시 테라가 준 카드가 국내에서는 쓰지 못하는 카드인가 하는 생각이 들었다.

'테라.'

—네?

'네가 준 카드, 국내에서는 사용 못 하는 거니?'

—네? 아니에요. 한국에도 비자와 마스터 카드를 모두 사용할 수 있기에 사용하는 데는 문제 없을 텐데요?

오히려 테라도 지금 상황을 이해 못 한다는 듯한 반응이다.

재중은 우선 기다리기로 했다.

원래 카드를 긁으면 사인을 하고 영수증이 나오는 것이 정상적인 거라는 정도는 재중도 알고 있었다.

그런데 자신의 카드는 그렇지 않았던 것이다.

그래서 재중은 직원의 말대로 문제가 있는 것 같다고 생각하고는 우선 기다렸다.

그런데 얼마나 기다렸을까?

저 멀리서 다급하게 뛰어오는 직원들이 재중의 눈에 들어왔다.

발걸음을 빠르게 움직여 걷는 듯하면서도 뛰는 듯한 조금 특이한 모습이다.

그래도 확실히 속도 하나만큼은 굉장히 빠른 편이었다.

"고객님은?"

그리고는 오자마자 재중의 결제를 도와준 직원에게 가더

니 재중을 찾는 모습이다.

재중이 슬쩍 자리에서 일어섰다.

자신을 찾는다는 것은 딱 봐도 알 수 있을 정도였다.

“기다리게 해서 죄송합니다, 고객님.”

재중 앞에 다른 직원이 공손히 인사하면서 앞에 섰는데 빈손이다.

다른 카드 단말기를 가져올 것으로 생각하고 있던 재중이 이상해서 고개를 갸웃거리자,

“골드 멤버이신 고객님을 몰라봬 정말 죄송합니다.”

직원이 마치 죽을죄를 지은 사람처럼 재중에게 사과했다.

그 모습에 이번에는 재중뿐만이 아니라 다솜과 화인도 고개를 갸웃거렸다.

사과를 받을 이유가 전혀 없었으니 말이다.

물론 조금 기다리긴 했지만 그래 봐야 불과 1분 남짓이다.

그거 기다렸다고 저렇게 극존칭의 사과를 받을 것까진 없었다.

반면 재중은 직원이 한 말에 눈빛이 살짝 변했다.

“골드 멤버라니 무슨 말이죠?”

“고객님의 카드가 골드 멤버에게만 발급되는 카드입니다

만… 혹시 모르셨습니까?”

직원도 재중이 골드 멤버인 것을 모르는 듯한 말에 그제야 재중을 한번 살펴보고는 눈빛이 살짝 변했다.

골드 멤버는 전 세계적으로 상위 1% 안에 드는 소수의 사람들만 발급받을 수 있는 카드의 소지자를 지칭하는 말이었다.

본래는 카드의 정식 명칭이 있지만 너무 길고 복잡해서 통상적으로는 골드 멤버라고 부르는 것이 더 유명했기에 직원도 골드 멤버라고 했을 뿐이었다.

그리고 골드 멤버는 돈이 웬만큼 많아서도 안 됐다.

수백만 달러의 돈을 가지고 있는 백만장자도 골드 멤버에 들기는커녕 바로 아래 단계인 실버도 받기 힘들 정도였으니 말이다.

그만큼 멤버의 현 재산만이 아니라 앞으로 얼마나 벌어들일지를 선별해서 발급하는 조금 특이한 카드였다.

최소 수억 달러는 가지고 있는 사람 중에서도 고르고 골라 발급하는 것이 바로 골드 멤버 카드인 것이다.

당연히 지금 북미에서 빅 핸드로 불리는 테라의 능력이 월가에서 엄청난 인지도와 힘을 가지고 있기에 카드를 만들 수 있었던 것이다.

하지만 정작 카드 주인인 재중은 그런 것을 전혀 모르고 있었다.

직원도 지금까지 골드 멤버가 자신의 백화점에 온 적이 없기에 놀라 황급히 오느라 정작 재중을 제대로 보지 못했다.

카드에만 집중하다 뒤늦게 재중의 모습을 보고는 직원도 고개를 갸웃거릴 수밖에 없었다.

세계 1%의 자산을 가진 사람으로 보기에는 재중의 행색이 너무 초라했으니 말이다.

백화점에서도 취급하지 않는 저가의 낡은 청바지에 시장 바닥에서나 볼 법한 운동화, 거기다 위에 입고 있는 티셔츠는 마킹이 낡아서 너덜너덜했다.

당연히 직원이 보기에 재중은 서민이었다.

그것도 백화점을 다니기에도 버거워 보이는 서민이다.

"잠시… 저희와 같이 가주실 수 있습니까, 고객님?"

아무리 봐도 재중이 골드 멤버로 보이지 않는 직원이다.

하지만 재중이 내민 골드 멤버 카드는 진짜였다.

그럼 직원이 순간적으로 판단할 때 두 가지 결론이 나온다.

하나는 재중이 골드 멤버 카드를 훔쳐서 백화점에 왔다는 것, 아니면 정말 골드 멤버인데 옷차림을 허름하게 입고 다니는 것을 좋아하는 괴짜.

둘 중 하나라고 말이다.

정말 돈이 많은 사람 중에 괴짜가 있긴 하다.

하지만 그건 외국 이야기일 뿐이다.

한국에서 돈 있는 사람, 그것도 세계적으로 상위 1%만 가질 수 있는 골드 멤버 카드를 가지고 있는 한국 사람이 재중처럼 옷을 입고 다니는 것은 단 한 번도 본 적 없는 직원이다.

그래서 직원은 재중의 골드 멤버 카드를 도난 카드로 생각한 것이다.

"왜 그러죠? 카드에 문제가 있나요?"

재중은 일반 신용카드라고 생각했는데 이상하게 상황이 흐른다.

"그것이… 고객님의 골드 멤버 카드는 조금 특별한 카드입니다. 그래서 결제를 위해서는 조금 불편하시더라도 확인 절차가 필요해 같이 가주셔야겠습니다."

재중이 피하려는 걸로 생각했는지 직원이 슬쩍 눈짓했다.

그러자 뒤에 있던 백화점 내 안전을 담당하는 직원 두 명이 슬쩍 재중을 감싸듯 옆에 섰다.

안전 요원들의 모습에 재중은 한숨을 내쉬었다.

'테라.'

—네, 마스터.

'너 도대체 나한테 무슨 카드를 줬길래 이 사람들이 이런 반응이니?'

—그게… 전 세계 어디서든지 사용 가능하고 자산이 30억 달러 이상인 사람들만 사용하는 특수한 카드라고 해서 만들었는데… 아직 한국에는 알려지지 않았나 봐요, 마스터. 헤헤헤.

'…그냥 좋다고 하니까 냉큼 만들었구만.'

의외로 귀가 얇은 테라의 성격을 이미 잘 알고 있는 재중이다.

할 수 없이 재중은 그냥 한국에 잘 알려지지 않은 카드이려니 생각하고 따라가기로 했다.

그런데 안전 요원들이 재중과 같이 온 다솜과 화인까지 같이 데려가려고 하는 모습에 백화점의 행동이 지나치다는 생각이 들었다.

결국 재중이 한마디 했다.

"저들은 일행일 뿐인데 왜 같이 가는 거죠?"

하지만 직원은 오히려 단호하게 말했다.

"같이 계시는 것이 빨리 처리하는 데 도움이 됩니다, 고객님."

말은 공손하게 하지만 한마디로 같이 꼭 가야겠다는 뜻

이다.

그리고 그 증거로 곧바로 안전 요원 두 명이 추가로 다솜과 화인을 뒤에서 막아서듯 자리를 잡았다.

"대표님, 어떻게 해요?"

졸지에 재중을 따라나선 다솜은 황당한 상황에 놀랐는지 눈동자가 흔들렸다.

화인도 재중의 곁으로 와서는 재중의 옷자락을 강하게 움켜쥐고 있다.

사실 아무리 특이한 카드라고 해도 이렇게 강압적으로 나오는 것은 재중이 보기에 지나친 모습일 수밖에 없었다.

반면 백화점 직원 입장에서는 만약 재중이 내민 골드 멤버 카드가 도난 카드라면 재중을 비롯해 같이 온 다솜과 화인도 절도 용의자였다.

그래서 조금은 강제력이 있지만 이렇게 행동할 수밖에 없었다.

재중은 노골적으로 기분 나쁘다는 표정을 지으며 직원들을 따라 작은 응접실 같은 곳에 도착했다.

백화점에서도 관계자만 들어올 수 있는 듯 사람의 기척이 거의 느껴지지 않는 곳이다.

곧이어 직원이 노트북 하나와 커다란 검은색 패드 하나를 가져오는 것이 아닌가?

"이 지문 인식 패드에 오른손 손바닥을 올려주시겠습니까?"

당연히 뒤에 안전 요원들이 딱 버티고 서 있다.

"그러죠."

재중이 딱딱한 목소리로 답하며 직원의 말에 따라 손바닥 전체를 스캔하는 패드 위에 손을 올려놓았다.

그러자 직원이 재중의 카드를 카드 단말기에 넣었다.

그리고 노트북의 화면에 복잡하게 여러 가지 숫자와 그림이 움직이기 시작하더니 곧 재중의 사진과 함께 카드의 주인이라는 표시가 뜬다.

"헉!"

직원은 노트북에 재중의 얼굴이 뜨자 크게 놀랐다.

하지만 정작 직원을 더욱 놀라게 한 것은 따로 있었다.

바로 재중의 이름 아래 쓰인 카드 주인의 닉네임이었다.

"빅… 핸드!"

월가의 괴물로 불리는 사람, 정체는 아직 알려진 것이 없지만 젊은 사람이라는 것 정도뿐인 빅 핸드라는 이름을 보는 순간,

"죄송합니다, 고객님!"

쾅!

직원은 제정신이 아닌 듯 황급히 재중을 향해 고개를 숙

였다.

순간 너무 숙여서 탁자에 머리를 찧었지만 아픔을 느낄 정신도 없는 표정이다.

"저희가 정말 실례를 저질렀습니다."

그는 기본적으로 백화점에서 돈 많은 사람들을 상대하는 직원었다.

그러다 보니 여러 가지 주워듣는 것도 많고 현재 세계적으로 이슈가 되는 것도 많이 알고 있었다.

그리고 단연 요즘 최고의 이슈는 바로 재중, 아니, 빅 핸드였다.

SY미디어의 배경에 빅 핸드가 있다는 것이 언론에 알려진 것도 조금 시간이 되었다.

당연히 사람들은 수십억 달러를 단기간에 만들어낸 월가의 괴물에 대해서 떠들어댔다.

지금 재중에게 사과하고 있는 직원도 당연히 그 소문을 들었다.

최소가 수십억 달러였다.

현재 한국에서 최고 부자라고 알려진 사람은 천산그룹의 천 회장이다.

그런 천 회장과 비교해도 재산만 놓고 보면 별 차이가 없는, 말 그대로 진짜 갑부가 바로 빅 핸드로 알려진 재중인 것이다.

그런데 그런 재중을 카드 절도범으로 오해하고 강제로 이곳으로 데려온 것이다.

당연히 난리가 날 수밖에 없었다.

지금 이 사실이 위로 올라가면 그에게 문책이 오는 건 당연한 사실이다.

Chapter 09
잠깐의 해프닝(2)

하지만 지금 그에겐 문책이 중요한 게 아니었다.

재중이 기분 나쁘다고 나서는 순간, 문책으로 끝나는 게 아니라 영원히 백화점 쪽으로는 취직이 불가능해질 수도 있었다.

골드 멤버 고객을 무시한 직원은 당연히 블랙리스트에 오르게 된다.

그리고 한 번 직원 블랙리스트에 오르면 다시 동종 업계에 취직하는 것은 사실상 불가능했다.

"이 백화점, 천산그룹 계열이죠?"

"네? 네, 고객님. 천산그룹 계열입니다."

직원은 재중이 갑자기 천산그룹 계열이냐고 묻는 말에 두 눈을 질끈 감았다.

그 말만으로도 천산그룹과 관계가 있다는 것을 느낄 수가 있었다.

재중이 자신이 아닌 천산그룹에 따지려 한다는 느낌을 받았으니 말이다.

"그럼 천산그룹 천 회장님에게 전화 한 통 넣어 바꿔주시겠습니까?"

"네? 천, 천 회장님에게… 전화를요?"

재중이 천산그룹의 천 회장을 언급하자 순간 직원의 얼굴에 핏기가 사라져 버렸다.

설마 재중이 천 회장을 알고 있을 것이라고는 생각지도 못했다.

그런데 천 회장을 언급하니 놀라서 말까지 더듬고 있었다.

"선우재중이라고 하면 전화 연결이 될 겁니다."

"네, 넷, 고, 고객님."

황급히 옆에 있던 경호원에게서 전화를 빼앗다시피 낚아챈 직원이 천산그룹 쪽에 전화를 걸었다.

몇 번 안내를 받아 재중의 이름을 대자 정말 천 회장과 연결이 되었다.

딸꾹!

직원은 설마 설마 한 것이 현실이 되자 너무나 놀라서 딸꾹질을 하기 시작했다.

"저예요, 회장님."

—어? 어쩐 일인가? 그리고 거긴 계열 백화점인데 왜 거기에서 자네가 전화를 거는 겐가?

천 회장은 계열사 백화점에서 뜬금없이 재중의 이름을 내고 연결해 달라고 하자 미심쩍은 마음이 적지 않았다.

그래도 재중의 이름이 알려져 있지 않은 상황이라 혹시 몰라 우선 받은 것이다.

그런데 정말 재중일 줄은 몰랐기에 놀라서 물었다.

"저기… 부탁 하나 드릴까 해서요."

—부탁? 별일이구만. 자네가 나에게 부탁을 다 하고. 허허허허허.

천 회장은 재중이 부탁하는 것이 왠지 기분 좋은 듯 너털웃음을 터뜨렸다.

"천산그룹에서 사용하기 편한 신용카드 하나만 제 이름으로 만들어주실 수 있나 해서요."

—응? 신용카드? 그야 우리 그룹에서 천산카드를 운용하고 있긴 한데 뜬금없이 웬 신용카드를 원하는 겐가?

천 회장은 재중이 자신에게 부탁한다는 것이 신용카드이자 오히려 황당한 표정을 지었다.

"아무래도 정식으로 만들려면 시간도 많이 걸리고 절차가 복잡할 것 같아서 이 기회에 저도 인맥 좀 써볼까 해서요."

—허허허, 정말 살다 살다 자네 입에서 인맥을 이용한다는 말이 나오다니 오래 살고 볼 일이구만. 알았네. 자네 앞으로 당장 신용카드를 만들어 그곳으로 보내주겠네. 그럼 되겠지?

"감사합니다."

—고맙긴, 후후훗. 자네가 나한테 부탁을 하다니, 허허허허, 해가 서쪽에서 뜨려나? 허허허허.

재중이 부탁을 했다는 것에 기분이 마냥 좋은 천 회장은 그렇게 전화를 끊었다.

그리고 정확하게 전화를 끊은 지 5분 만에 천산그룹에서 운용하는 가입하기 까다롭기로 유명한 천산카드가 재중의 손에 쥐어졌다.

"고, 고객님, 여기 카드… 있습니다."

거물이다.

직원은 재중이 자신이 생각한 것 이상으로 거물이라는 것을 피부로 느끼고 있는 중이다.

뒤에 있는 안전 요원들도 바싹 얼어 있기는 마찬가지였다.

혹시라도 재중이 화를 내면 그 불똥이 자신들에게 튈 수도 있으니 말이다.

근무 여건이 좋고 낙타가 바늘구멍 들어가는 것만큼 들어가기 힘들다는 천산그룹 계열이다.

여기서 잘리면 정말 순식간에 낙동강 오리알 되는 것은 일도 아니었다.

그런데 재중은 덜덜 떠는 직원이 건넨 카드를 받아 들고는,

“이걸로 계산해 주세요. 이건 지문 조회하지 않아도 상관없겠죠?”

장난스럽게 웃으면서 말하자,

“넷! 바로 결제해 드리겠습니다!”

카드를 받은 직원은 떨리는 손과 달리 빠르게 카드를 긁으면서 재중에게 물었다.

“몇 개월 할부로 하시겠습니까?”

흠칫!

순간 카드를 긁으면 습관적으로 하던 말이 튀어나온 직원은 자신이 말하고도 놀랐는지 흠칫거렸다.

방금 자신이 직접 재중이 골드 멤버라는 것을 확인하고

빅 핸드라는 것도 확인하지 않았던가?

수십억 원을 가진 사람에게 겨우 500만 원대 돈을 결제하면서 몇 개월 할부로 하느냐고 물어보는 것은 누가 봐도 멍청한 짓이었으니 말이다.

씨익~

그런데 재중은 오히려 그런 직원을 보며 웃으면서 대답했다.

"무이자는 몇 개월까지 되죠?"

"…12개월까지 됩니다만……."

설마 자신의 말을 받아줄 것이라고는 생각지도 못한 직원은 기어들어 가는 목소리로 대답했다.

"그럼 12개월 할부로 해주세요."

"네? 네, 넷, 알겠습니다, 고객님."

순간 직원은 자신이 잘못 들은 줄 알고 되물었다가 재중이 고개를 끄덕이자 그제야 알아듣고는 12개월 할부로 조작했다.

"여기… 사인을……."

직원의 안내에 따라 사인을 끝낸 재중이 골드 멤버 카드와 방금 받은 천산카드를 받아 들고는 고개를 흔들었다.

그리고는 돌아서 다솜과 화인을 불렀다.

"이제 그만 가죠, 다솜 양. 그리고 화인이도."

"네? 아, 네, 대표님."

다솜은 말도 안 되는 상황을 멍하니 쳐다보고 있다가 재중이 부르는 소리에 겨우 정신을 차릴 수 있었다.

당연히 화인은 아직 한국어를 잘 모르기에 전체적인 내용을 파악할 수는 없었다.

그러나 단 한 가지는 확실히 알 수 있었다.

재중이 골드 멤버라는 것과 월가의 괴물로 불리는 빅 핸드 본인이라는 것을 말이다.

물론 다솜도 마찬가지로 사실을 알게 되긴 했지만, 너무나 황당한 현실에 받아들이는 것에 시간이 조금 걸렸다.

그리고 왜 이태형 이사가 그렇게 재중에게 깍듯하게 대했는지 비로소 진심으로 이해할 수 있었다.

수십억 달러의 자산가, 그리고 천산그룹의 천 회장과 직접 통화해서 개인적인 부탁을 할 정도의 능력을 가진 재중이다.

이태형 이사가 재중에게 그토록 깍듯하게 대한 것은 어찌 보면 당연한 일이었다.

동시에 왜 이태형 이사가 거의 출근도 하지 않는 재중을 그리 어려워했는지 알게 되었다.

돈 대주면서 하고 싶은 것 다 하라고 하는데 누가 좋아하지 않겠는가?

재중의 생각 하나로 SY미디어가 망하느냐, 아니면 탄탄대로이냐가 결정될 수 있었다.

그만큼 재중은 엄청난 힘을 가지고 있는 사람이었던 것이다.

원래 대표라는 사람은 대개 어느 정도 힘을 가지고 있게 마련이다.

하지만 재중의 재력은 그 수준은 완전히 뛰어넘은 수준이었다.

막말로 재중이 정말 마음먹고 국내에서 대형 기획사 하나 차려 연예계를 한번 흔들려고 하면 얼마든지 흔들 수도 있는 자본력이다.

그뿐인가?

신승주라는 천재 작곡가도 재중의 말이라면 껌뻑 죽는다는 것은 이미 SY미디어에 있는 사람이라면 모두가 알고 있는 사실이다.

그 증거로 베인티의 2집 정규 앨범 열두 곡 중 일곱 곡이 바로 신승주가 작곡한 곡이다.

거기다 이미 지금 연습하고 있는 2기 연습생 중에 데뷔할 걸그룹의 데뷔 앨범까지 만들어주기로 합의가 끝난 상태이다.

이미 베인티가 데뷔할 때 신승주의 곡이라는 이유만으로

이슈가 되고 이례적으로 신인 걸그룹이 대박을 터뜨린 전적이 있었다.

두 번째 데뷔 그룹도 이미 반은 성공이 예약된 것이나 마찬가지였다.

그리고 그런 세계적으로 유명한 신승주가 재중의 말이라면 무조건 따른다.

그저 출근을 하느냐 하지 않느냐의 문제가 아니었다.

재중의 존재 자체가 SY미디어가 유지되느냐 망하느냐를 좌우한다.

다솜은 그러한 현실을 피부로 느끼는 경험을 하였기에 생각을 정리하는 데 제법 시간이 걸렸다.

하지만 복잡하던 생각의 정리가 끝난 뒤에는 재중을 쳐다보는 것도 왠지 어렵기만 한 다솜이었다.

"조심히 가십시오, 고객님."

들어올 때는 나름 강압적이던 표정의 직원이었다.

하지만 이미 고압적이던 모습은 사라진 지 오래였다.

어떻게든 재중이 조용히 백화점을 벗어나기만을 바라는 간절한 마음으로 인사하는 불쌍한 직원이다.

물론 뒤에 있던 안전 요원들도 마찬가지였다.

천 회장과 개인적으로 친분이 있다는 것을 확인한 순간 이미 게임은 끝났다.

그때부터 하나님부터 부처님까지 알고 있는 모든 신의 이름을 속으로 부르면서 빌 따름이었다.

기원이 효과가 있었는지 다행히 재중은 조용히 돌아갔다.

털썩!

재중이 시야에서 사라진 순간, 뒤에 안전 요원들이 보거나 말거나 직원은 그대로 주저앉아 버렸다.

그리고 한순간 10년은 더 늙은 표정으로 한참을 일어서지 못했다는 말을 나중에 재중도 얼핏 들었다.

그 말을 들은 재중은 그저 웃을 뿐이었다.

*　　*　　*

“배고프지 않아요?”

직원실을 나와 에스컬레이터를 타고 얼마 지나지 않았을 때였다.

재중의 귀에 흔하지 않는 소리가 들렸다.

그 소리가 다솜의 뱃속에서 나는 소리라는 것을 곁눈질로 확인한 재중이다.

그는 짐짓 모른 척하면서 먼저 말을 건넸다.

“아, 아니에요, 대표님.”

이미 직원실에서 엄청난 것을 보고 난 뒤라 그런지 바짝 얼어 있는 다솜이었다.

그녀는 자신의 배에서 꼬르륵 소리가 나는 것도 느끼지 못하고 있는 듯했다.

알았다고 해도 결국 대답은 아니라고 했겠지만 말이다.

그런데 잔뜩 얼어 있는 다솜의 머리에 재중이 대뜸 손을 올리는 게 아닌가?

"긴장하지 말아요. 나도 결국 다솜 양과 같은 사람이니까요."

그저 별 뜻 없는 말이다.

한데 놀랍게도 재중의 말을 들은 다솜의 몸이 반응하더니 긴장으로 잔뜩 굳어 있던 목과 어깨가 자연스럽게 풀어졌다.

다솜은 온몸의 긴장감이 눈 녹듯이 사라져 가는 것을 느꼈다.

"……?"

다솜은 순간 몸의 반응에 너무 놀라서 재중이 자신의 머리를 쓰다듬고 있다는 것도 잊고 재중을 빤히 쳐다보았다.

"이제 괜찮죠?"

"네? 아, 네, 고맙습니다."

뭐가 고마운지 정확하게는 모르지만 다솜이 무의식중에

재중에게 고맙다고 했다.

그런데 전혀 어색하지가 않았다.

그리고 몸의 긴장이 풀렸다는 것을 증명이라도 하듯,

꼬르륵.

다솜의 뱃속에서 조금 듣기 민망할 만큼 또렷하게 소리가 들렸다.

"헛! 죄, 죄송해요, 대표님."

황급히 고개를 숙인 다솜이었다.

재중은 이미 다솜이 배가 고플 것이라는 것을 대충 알고 있었기에 그저 웃을 뿐이었다.

네 시간 넘도록 노래와 춤 연습을 하고 거의 끝날 때쯤 재중이 나타나서 끌고 나오지 않았는가?

거기다 백화점에서 한참을 돌아다녔다.

당연히 지금쯤 배가 고파야 정상이다.

"뭐라도 먹고 가죠. 나 때문에 고생했는데."

"아, 아니에요. 굳이 그러지 않으셔도……."

다솜은 진심으로 양손을 흔들면서 강하게 거부했다.

하지만 그런 그녀의 진심과 달리 뱃속에서 계속해서 꼬르륵꼬르륵 울려대는 바람에 결국 재중을 따라나설 수밖에 없었다.

아무리 싫다고 해도 뱃속에서 계속해서 꼬르륵 소리가

울려대니 그건 아무런 의미가 없었다.

그런데 돌연 재중이 내려가는 에스컬레이터에서 올라가는 에스컬레이터로 자리를 바꾸는 것이다.

"……?"

다솜은 백화점 지하에 있는 식품관으로 갈 줄 알고 있다가 재중이 돌연 위로 올라가자 고개를 갸웃거렸다.

하지만 대표가 움직이니 우선 말없이 뒤를 따랐다.

화인도 조용히 따라나서긴 했지만 다솜과 표정은 비슷했다.

가장 꼭대기 층에 올라온 재중은 더 이상 에스컬레이터가 없자 엘리베이터 쪽으로 다가섰다.

그런데 재중이 다가선 엘리베이터에는 당연히 있어야 할 버튼이 없었다.

대신 그 자리에는 마치 요즘 버스 탈 때 버스카드를 찍는 기계와 비슷한 패드가 붙어 있었다.

재중은 골드 멤버 카드를 그 패드에 자연스럽게 가져다 댔다.

띠링~!

그러자 놀랍게도 엘리베이터가 저절로 작동하는 것이 아닌가.

재중을 따라 엘리베이터를 타고 한 층 정도 올라갔을까,

엘리베이터 문이 저절로 열렸다.

그런데 엘리베이터 문이 열리고 밖으로 나온 순간,

"우와!"

"화아!"

화인과 다솜은 둘이 동시에 약속이라도 한 듯 감탄사를 터뜨렸다.

"어서 오십시오, 고객님."

엘리베이터에서 내린 재중을 향해 직원이 한 사람 다가왔다.

그 직원의 옷차림과 태도에서 마치 수십 년간 왕족의 집사를 수행한 사람 같은 기품이 느껴졌다.

특별 대우는 그뿐이 아니었다.

직원을 따라 자리를 이동한 곳은 백화점 바로 옆이 한눈에 모두 내려다보이는 곳이었다.

이곳은 실제로 일반인은 전혀 알지 못하는 특수한 식당이다.

그런데 재중은 어떻게 이곳을 알고 올라왔을까?

그건 의외로 간단했다.

재중의 그림자 속에 있는 테라가 알려준 것이다.

애초에 골드 멤버 카드를 만들어서 재중에게 준 것이 테라였다.

당연히 테라는 골드 멤버의 혜택을 알고 있었다.

때마침 배고프다고 하는 재중에게 골드 멤버만 출입이 가능한 레스토랑이 백화점 가장 위층에 있다는 것을 알려준 것이다.

그리고 지금 보다시피 재중은 테라의 말을 듣자마자 곧바로 올라온 것이다.

"이런 곳이 있을 줄은……."

다솜도 가끔이지만 이 백화점에 온 적이 있다.

물론 구경만 하다가 아래쪽 식품관에서 가끔 군것질거리를 사 먹는 것이 전부였지만 말이다.

그렇게 비싼 곳도 아니지만 그렇다고 그렇게 싼 백화점도 아닌 곳이다.

즉 일반적으로 쉽게 물건을 살 수 있는 백화점은 아니었다.

그 증거로 세일이라는 것이 없는 백화점이었으니 말이다.

하지만 설마 백화점 가장 꼭대기 층에 이런 레스토랑이 있을 줄은 꿈에도 생각을 못했었다.

그래서 이처럼 놀라는 것이다.

그런데 화인은 놀라긴 했지만 의외로 익숙한 듯 움직이는 것이 다솜과 달리 이런 고급스러운 곳에서의 경험이 있는 듯했다.

"주문을 하시겠습니까?"

처음부터 일행을 안내한 직원이 재중에게 정중하게 물었다.

자연스럽게 재중의 시선이 다솜에게 향했다.

그런데 다솜은 이미 메뉴판에 영어와 불어가 섞인 것을 보고는 마치 현실을 도피하려는 듯 일부러 재중의 시선을 피해서 창밖을 보고 있었다.

오히려 의외로 화인이 메뉴판을 들고 자신이 먹을 것을 고르는 모습이다.

"재중, 난 이거와 이거, 그리고 와인은 화이트로 주세요."

화인이 재중에게 자신이 먹을 것을 주문하자 그동안 창밖을 보고 있던 다솜이 조용히 웃으면서 말한다.

"저도 같은 것으로 먹을게요."

씨익~

재중은 화인이 주문할 때를 기다렸다가 무임승차하는 다솜의 모습에 임기응변이 제법 강하다는 것을 느끼기도 하고 그게 나름 귀엽게 느껴졌다.

재중은 자신의 몫으로 스테이크와 샐러드, 그리고 레드와인을 주문하면서 직원에게 물었다.

"와인은 사시까이야로 주세요."

"네, 고객님."

그리고는 조용히 물러났다.

직원이 물러났지만 이번에는 다솜이 재중의 눈치를 보면서 우물쭈물하는 모습이다.

재중이 다솜을 향해 말했다.

"궁금하면 물어보세요."

"네? 아, 그게 실례가 되지 않는다면……."

SY미디어에서 이태형 이사만 알고 있던 재중의 정체를 방금 전 골드 멤버 카드 사건을 통해 어느 정도 알게 된 다솜이다.

여전히 재중을 어려워하는 기색이 다분하지만 재중이 몸의 긴장을 마나로 풀어줘서인지 궁금한 것은 절대로 참지 못하는 본래 성격이 튀어나왔다.

"방금 대표님이 시키신 와인, 비싼 거죠?"

재중은 돈이 많다.

당연히 돈 많은 사람이 싼 와인을 시키진 않았을 테니 말이다.

거기다 이곳의 분위기만 봐도 제법, 아니, 굉장히 비싼 레스토랑으로 보였기에 호기심 가득한 눈빛이다.

"궁금한가요?"

"네."

호기심 가득한 눈동자를 보자 왠지 그런 다솜의 모습이 귀여운 재중이 대답했다.

"듣기로는 백만 원 정도 할 거예요."

"허얼!"

재중의 입장에서는 쉽게 먹을 수 있는 와인 가격이지만, 연습생의 신분인 다솜에게는 큰돈이다.

하지만 사실 정말 비싼 와인에 비하면 재중이 시킨 사시까이야는 오히려 중급 정도라는 것을 다솜은 전혀 모르고 있는 눈치다.

와인 하면 모두 프랑스의 보르도&부르고뉴의 와인을 떠올릴 정도로 프랑스 와인을 좋아하는 사람이 많다.

하지만 의외로 이탈리아 와인을 좋아하는 사람도 적잖이 있었다.

물론 평소 와인을 거의 마시지 않는 재중이기에 사시까이야를 시킨 것은 조금 의외의 모습일 수도 있다.

하지만 모두 테라의 조언으로 사시까이야를 시킨 것이다.

재중은 지구에 와서는 와인을 마신 적이 거의 없었다.

하지만 의외로 대륙에서는 재중이 가장 즐겨 마신 것이 바로 와인이었다.

물론 그 사실을 아는 것은 재중 본인과 테라, 그리고 흑기병이 유일했다.

식사를 시키면서 와인을 고르는 재중의 모습에 테라가 슬쩍 귀띔해 주었다.

대륙에서 자주 마시던 와인과 비슷한 맛의 와인이 사시까이야라고 말이다.

재중은 와인을 많이 마시긴 했지만 그다지 고급 와인을 즐기는 편은 아니었다.

적당히 귀족들이 좋아하고 쉽게 구할 수 있는 와인을 즐겨 마시던 재중의 입맛에 가장 근접한 와인이 바로 사시까이야인 것이다.

물론 테라가 미리 마셔보고 골라놓은 덕분에 바로 주문할 수 있었다.

이런 면에서는 테라만큼 확실하게 재중을 보좌해 주는 녀석도 없을 것이다.

"아, 부자시지."

백만 원이라는 액수에 놀란 다솜은 곧 재중이 부자라는 것을 기억해 내고는 곧바로 수긍했다.

하지만 재중이 말한 가격은 이런 레스토랑에서 먹을 때의 가격일 뿐이다.

본래는 칠십만 원 정도로 정말 와인을 좋아하고 경제적

능력이 된다면 일반적인 사람들도 충분히 한 번은 마셔볼 수 있는 와인이었다.

와인에 대해서는 아무것도 모르는 다솜이라 전 세계 1%의 부자인 재중이 시켰기에 고급 와인으로 느껴졌을 뿐인 것이다.

실제로는 그리 엄청나게 비싼 와인은 아니다.

"즐거운 식사 되십시오."

어느 정도 시간이 흐르자 음식이 나왔고, 나온 음식을 본 다솜은 다시 한 번 감탄사를 내뱉었다.

"우와, 예쁘다!"

본래 요리는 눈으로 한 번 먹고 입으로 또 한 번 먹는다고 했던가?

확실히 나온 음식들의 깔끔함과 정갈한 모습은 시선을 사로잡기에 충분했다.

다만 당장에라도 휴대폰을 꺼내 사진을 찍고 싶은 다솜이 재중의 눈치를 살피다가 결국 재중에게 허락을 받고 사진을 찍고 나서야 먹을 수 있었다는 것이 재미있긴 했지만 말이다.

"맛있다."

한입 먹고 감탄사를 내뱉고, 또 한입 먹고 감탄사를 내뱉는다.

그런 다솜의 모습은 조금은 요란스럽긴 했지만, 이곳에 손님이라고는 현재 재중 일행밖에 없었기에 그다지 문제가 될 것은 없었다.

그런데 어느 정도 식사를 마쳐 갈 때쯤이었다.

조용하던 엘리베이터가 움직이기 시작했다.

이곳은 골드 멤버이거나 아니면 그것에 준하는 카드 소지자만 엘리베이터 이용이 가능하다고 사전에 테라에게 들은 재중이었다.

그래서 그저 호기심이 생겨 엘리베이터를 바라보던 재중이었다.

한데 엘리베이터에 걸리는 인기척 셋 중에 한 사람의 기척이 너무도 익숙한 것이 아닌가?

굳이 엘리베이터가 열리지 않아도 누군지 알 수 있을 만큼 재중에게는 익숙한 느낌이었다.

'크크큭, 재미있군.'

지금 올라오는 엘리베이터에서 느껴지는 익숙한 기척의 주인, 그는 바로 박태평이었다.

무려 두 번이나 직접적으로 부딪친 박태평이다.

그의 기척을 재중이 틀린다는 것은 사실상 말도 안 되는 일이다.

재중은 그저 조용히 입가에 미소를 지었다.

띠링~!

엘리베이터가 열리고, 역시나 박태평이 안에서 걸어나왔다.

우뚝!

엘리베이터에서 나온 박태평은 곧바로 재중을 발견했는지 걸음을 멈추었다.

"너… 너… 너……!"

Chapter 10
박태평과의 재회

박태평은 순간 재중을 발견하자마자 자신도 모르고 손가락으로 재중을 가리켰다.

그러자 그런 박태평의 모습을 보고 뒤에 있던 일행이 물었다.

"무슨 일입니까?"

"앗! 아, 아닙니다. 제가 아는 사람과 닮은 사람을 봐서. 우선 이쪽으로 가시죠."

꽈악!!

비즈니스로 온 이상 공과 사는 정확하게 구분해야 하는

것 정도는 박태평도 잘 알고 있다.

박태평은 초인적인 인내심으로 재중을 모른 체했다.

하지만 자신도 모르게 주먹에 힘이 들어가는 것까지는 어쩔 수 없었다.

재중에게 박살 나서 폐인 생활을 하며 깨달은 것이 많은 박태평이다.

하지만 아무리 그렇다고는 해도 다시 정상적으로 몸이 돌아오자 천성을 숨기지 못하고 본래의 즉흥적이고 저돌적인 성격이 꿈틀대기 시작한 것이다.

물론 전과 달리 공과 사는 구분하는 모습은 나름 철들었다고 해줄 만하다.

하지만 사실은 억지로 참고 있는 것에 불과했다.

씨익~

그런데 그런 박태평의 마음을 아는 듯 박태평과 시선이 마주치는 순간 재중의 입가에 미소가 그려졌다.

"……!!"

순간 속에서 무언가 치밀어 오른 박태평이 움찔했는데, 의외로 잘 참고 재중을 강렬하게 노려본 후 시선을 돌렸다.

'철들었군.'

재중은 일부러 박태평을 도발하듯 비웃음을 보낸 거였다.

그런데 박태평이 그걸 참아내는 모습에 최소한 힐든 장로에게 배우다가 힘들다고 때려치우진 않을 것 같다고 생각한 것이다.

재중은 나름 만족했다.

굳이 박태평을 도발한 것은 오로지 박태평이 얼마나 참으면서 힐든 장로에게 배울지 시험해 보기 위한 것이었다.

뭐, 당하는 박태평 입장에서야 속이 다 뒤집어졌을지도 모르겠다.

하지만 그가 지금 재중과 마주친 것이 운이 없다고 봐야 했다.

물론 이 모든 상황은 모두 박태평과 재중 사이에서 눈빛으로만 오고 간 것이었다.

다솜과 화인은 전혀 방금 벌어진 긴장감 넘친 상황을 알지 못한 채 음식을 먹고 있다.

그런데 잠시 앉아 있던 박태평이 간단하게 커피만 마시고 몇 마디 하더니 고객과 함께 그대로 다시 내려가 버렸다.

이번에는 재중에게 눈길조차 한 번 주지 않았다.

어차피 그래 봐야 자신이 손해라는 것을 깨닫고 의도적으로 자신을 피한 것이리라 재중은 짐작했다.

하지만 역시나 제 버릇 개 못 준다는 말이 그냥 나온 말이 아니었다.

띠링~

고객을 보냈는지 이번에는 혼자 엘리베이터를 타고 올라온 박태평이다.

그리고는 너무나도 당당하게 재중에게 다가왔다.

"……?"

"……?"

처음 보는 남자가 심상치 않은 표정으로 다가오고 있었다.

거의 식사를 마무리하던 다솜과 화인의 시선이 움직이는 것은 당연했다.

그런데 그런 박태평과 눈이 마주친 순간, 다솜은 온몸에 구렁이 몇 마리가 기어 다니는 느낌을 받았다.

다솜은 화들짝 놀라며 시선을 피해 버렸다.

화인도 다솜과 비슷한 느낌을 받았는지 급하게 시선을 돌렸다.

씨익~

그렇게 시선을 돌리는 다솜과 화인을 본 박태평은 자신이 뭔가 대단한 사람이라도 된 양 비릿한 미소를 지었다.

그리고는 이번에는 재중을 쳐다보면서 눈에 힘을 주기 시작했다.

'훗.'

살기(殺氣).

지금 박태평이 재중을 똑바로 쳐다보면서 뿜어내는 것은 바로 살기였다.

사실 박태평은 얼마 전까지만 해도 그저 운동 잘하는 일반인에 불과했다.

그에 비하면 지금 눈에서 다솜과 화인을 놀라게 한 살기를 뿜어내는 것을 보면 칭찬해 줄 만했다.

확실히 체질적으로 운동이든 무공이든 빨리 익히는 듯했으니 말이다.

그렇지만 아직 애송이였다.

겨우 일반인의 시선을 돌리게 할 만큼의 미약한 살기로 재중을 도발했으니 말이다.

일반인이라면 지금처럼 박태평의 눈빛을 마주한 상태로 살기를 느끼게 되면 본능적으로 시선을 피할 것이다.

아니 본능적으로 피할 수밖에 없는 것이 바로 살기이니 당연한 반응이었다.

살기는 말 그대로 죽이겠다는 의지를 담아서 상대에게 보내는 무형의 기운이다.

아무리 현대사회에 찌들어 본능적인 감각이 무뎌진 현대인이라도 해도 자신의 목숨과 관련된 것에는 역시나 민감할 수밖에 없다.

그 증거로 다솜을 들 수 있다.

자신이 왜 박태평의 시선을 피하는지 영문을 모르면서도 그저 본능에 따르는 모습 말이다.

"오랜만이야, 선우재중."

비릿하게 웃으면서 재중에게 으르렁거리듯 말하는 박태평이다.

"뭐, 살아 있으니 만나는 게 사람이지."

재중이 별 의미 없다는 듯 말하면서 받아주자,

불끈!!

순간적으로 박태평의 몸에서 마나가 움직이는 것이 느껴진 재중이다.

"네놈, 언제까지 그런 웃음을 지을 수 있을 것 같나?"

재중이 계속 도발하는데도 끝까지 참고 있던 박태평은 이번에는 자신이 재중을 도발하려는 듯 한마디 했다.

하지만 의미 없는 짓에 불과했다.

씨익~

재중은 박태평의 말에 웃음으로 가볍게 대답을 대신했으니 말이다.

발끈!

확실히 박태평은 말보다 여러 의미를 담은 비웃음에 민감하게 반응하는 듯했다.

처음 재중의 웃음에도 발끈했지만 이번 재중의 웃음에는 순간 몸 안의 마나가 흔들릴 만큼 크게 발끈했다.

"크크큭, 네놈의 동생 년이 꼴같잖게 사업을 한다고 설치던데, 크크크큭, 과연 그게 쉽게 될까?"

스르륵.

박태평의 입에서 연아에 대한 이야기가 나오자 순간 재중의 미소가 사라졌다.

그리고 재중의 눈빛이 차분하게 가라앉으면서 박태평을 보는 눈빛이 차갑게 변했다.

오싹!

순간 박태평은 자신의 몸이 떨릴 만큼 순간적으로 변한 재중의 모습에 속으로 당황했다.

그런데 좁쌀만 한 내공이지만 자신도 재중과 비슷한 힘이 있다는 자신감 덕분인지 의외로 재중의 눈빛을 버티는 모습을 보였다.

"내 주변에 관심이 참 많군그래."

재중의 목소리는 고요한 듯하면서도 낮았다.

하지만 실제 음성과는 반대로 박태평의 귀에는 마치 화

살이 꽂히듯 선명하게 들렸다.

저벅.

그리고 박태평의 몸이 본능적으로 한 걸음 뒤로 물러나는 것이 아닌가?

박태평의 의지와는 전혀 상관없이 말이다.

마치 몸이 알아서 재중의 곁에서 저절로 떨어지듯 뒤로 물러났다.

"칫."

그런데 박태평은 자신이 뒤로 물러났다는 것을 안 순간, 강하게 혀를 차더니 미련없이 몸을 돌렸다.

마치 더 이상 볼일이 없다는 듯 말이다.

"다음에 볼 때는… 난 달라져 있을 거다, 선우재중."

으드드드득!!

가슴속의 분노를 토해내듯 재중에게 한마디 남긴 박태평이 천천히 다시 엘리베이터로 향했다.

그리고는 마치 아무 일 없었다는 듯 엘리베이터를 타고 내려가 버렸다.

"놀랐죠?"

박태평이 사라지자 재중은 평소의 사람 좋은 표정을 지으면서 다솜에게 부드럽게 말했다.

"네? 아, 네. 그런데 저 사람 누군데 대표님에게 그렇게 무례한 거예요?"

다솜은 박태평이 자신이 소속된 SY미디어 대표인 재중을 향해 막말을 하는 것에 화가 났다.

하나 이미 박태평과 처음 눈이 마주쳤을 때 기가 제압당한 때문인지 아무 말도 못하고 있었던 것이다.

이제 박태평이 사라지자 그제야 재중에게 화가 난 표정으로 한마디 했다.

물론 재중은 그런 다솜의 모습에 그저 웃을 뿐이었다.

"다솜 양이 화인이 좀 데리고 사무실로 돌아가 주겠어요? 전 일이 생겨서 여기서 헤어져야 할 것 같은데."

"네? 네. 저희야 택시 타면 되니까 괜찮아요, 대표님."

어차피 SY미디어와 백화점은 가까운 거리였다.

짐이 있다고는 하지만 그건 택시를 타면 자연스럽게 해결될 문제다.

다솜이 고개를 끄덕이자, 재중이 가볍게 인사치레를 했다.

"그럼 오늘 고마웠어요, 다솜 양."

"아, 아니에요. 제가 오히려 감사해요, 대표님. 옷도 사주시고 맛있는 것도 사주시고……."

재중 때문에 백화점 직원실에 끌려갔다가 극진한 인사를 받으면서 나오는 특이한 경험을 한 다솜이다.

하지만 다솜에게는 괜찮은 기억이 되었다.

"재중, 가야 해요?"

드디어 어렵고 힘든 재중과 헤어진다는 생각에 표정부터 밝아진 다솜과 달리 화인은 재중과 헤어져야 한다는 생각에 살짝 어두워진 표정으로 물었다.

"볼일이 있어서 그러니 우선 다솜 양을 따라 SY미디어로 가서 친구 만드는 법을 배워봐. 앞으로 살아가려면 꼭 필요한 것이니 말이야."

"알았어요. 재중이 그러라면……."

아직은 재중에게 많이 의지하는 화인이었기에 재중이 시키는 대로 잘 따랐다.

하지만 재중은 곧 화인 스스로가 재중이 시키지 않아도 사람을 사귀고 무언가를 배우는 즐거움을 느끼게 될 것이라고 생각했다.

그래서 앞서서 걱정하기보다는 최대한 기회를 주기로 했다.

그리고 당장 다솜과 화인이 대화는 아직 잘 통하지 않지만 제법 친해진 것이 재중의 눈에 보이기도 했다.

그래서 그런지 큰 걱정은 없었다.

Chapter 11
론도 랜필드의 진짜 목적

"테라."

—네, 마스터.

재중은 다솜과 화인을 택시에 태워 보낸 뒤 사람이 없는 곳으로 가 어둠을 통해 이동했다.

재중이 모습을 드러낸 곳은 예전에 바네사를 비롯해서 킬러들과 싸운 곳이었다.

도착하자마자 테라를 부르자 기다렸다는 듯 테라가 튀어나왔다.

"박태평이 아까 말한 의미가 뭘까?"

분명히 연아가 사업을 하고 있다는 것을 박태평이 알고 있었다.

재중에게 감정이 있는 녀석이니 당연히 그걸 그냥 두고 볼 리는 없었다.

사실 재중은 박태평이 연아를 건드릴 것이라고는 생각하지 않았었다.

그래도 남자이니 최소한 자신을 향해 덤비지 연아를 건드리진 않을 것이라고 생각한 것이다.

그리고 박태평의 성격이 급하고 저돌적이긴 하지만 재중 당사자가 아니라 주변을 이용할 정도로 쓰레기라고 여기진 않았던 것도 있었다.

하지만 방금 레스토랑에서 박태평이 자신만만하게 한 말은 진심이었다.

그렇기에 지금 재중의 표정이 차갑게 가라앉아 있는 것이다.

—우선 태평그룹은 식품 쪽에서는 현재 한국 내에서 1위예요, 마스터.

"식품에서는 아무래도 태평그룹이겠지."

재중 역시 어린 시절부터 태평그룹의 라면과 과자를 시작해 수많은 인스턴트식품을 먹은 기억을 고스란히 가지고 있다.

태평그룹의 역사만 해도 50년이 넘었다.

한국에서는 태평그룹에서 만든 라면을 한 번이라도 먹어 보지 않은 사람이 없다고 할 만큼 영향력이 굉장한 그룹이다.

당연히 태평그룹은 카페 프랜차이즈도 이미 하고 있었다.

천사의 쉼터라는 브랜드를 내걸고 있는데, 전국 곳곳에서 쉽게 찾아볼 수 있을 만큼 체인점이 많았다.

명실공히 국내 최고 커피 프랜차이즈 브랜드를 가진 곳이 바로 태평그룹이었다.

그런 태평그룹에서 작정하고 연아가 하려는 카페 사업을 방해한다면…….

지끈지끈.

재중은 생각하는 것만으로도 머리가 지끈거렸다.

물론 재중도 무력과 돈의 힘이라는 권력을 가지고 있다. 그건 누구도 무시할 수 없는 힘임에 분명했다.

하지만 태평그룹이라는 거대한 단체가 가진 힘은 또 그것과는 차원이 다른 종류의 것이었다.

재중의 힘이 아무리 크다 해도 개인과 단체는 분명 차이점이 있었으니 말이다.

예전의 박태평이라면 저런 말을 해도 재중은 대수롭지

않게 넘겼을 것이다.

테라에게 알아보라고 시켰을지는 모르지만, 지금처럼 진지하게 고민하지 않았을 것은 분명했다.

그런데 지금의 박태평은 예전과는 조금 다르다는 게 재중의 심기를 건드리고 있는 중이다.

론도 랜필드가 박태평을 뒤에서 밀어주고 있었다.

공식적으로 박태평이 하는 사업에 자금까지 투자하기로 하고 이미 태평그룹 회장실을 찾아가서 사인까지 한 상황이었다.

그러면서 그동안 그룹에서 신망과 힘을 잃고 있던 박태평에 대한 평가도 급속도로 올라가고 있는 중이다.

실시간으로 감시하고 있는 테라의 보고를 들어보면 확실한 내용이다.

탐지 부적 때문에 멀리서 감시하는 론도 랜필드, 힐든 장로와 달리 박태평에 대한 감시는 충분히 이뤄지는 중이었기에 알 수 있는 일이었다.

이미 태평그룹 내부에까지 테라의 패밀리어와 도청, 감시 마법이 깔려 있었다.

그렇기에 테라의 정보가 정확하다는 것을 가정할 수 있었다.

그렇다면 박태평이 한 경고는 그냥 경고에 머무르지 않

을 가능성이 매우 높았다.

—마스터.

"응?"

—혹시… 론도 랜필드가 뒤에서 박태평을 이용해서 작은 마스터를 노리는 게 아닐까요?

"응? 론도 랜필드가? 박태평을 이용해서 연아를?"

확실히 테라의 말은 일리가 있었다.

그동안 호텔 안에서 뭔 짓을 하는지 필요한 외출 외에는 거의 하지 않던 론도 랜필드가 아닌가?

재중도 뭔가 꿍꿍이가 있다고 고민하면서 어떻게든지 녀석의 움직임을 감시할 방법을 찾고 있는 중이었다.

—우선 제가 기존에 알고 있던 천재들에 대한 특성이 몇 가지 있어요. 론도 랜필드가 정말로 랜필드 가문에서 내로라하는 천재에 재능이 많은 녀석이라면… 어쩌면 뒤에서 조정하는 것을 즐기는 타입의 천재일지도 몰라요, 마스터.

"뒤에서 조종하는 타입?"

—그 뭐냐… 영화 같은 데 보면 국가 기관의 특수 요원들이 부하들을 시켜 여러 가지 일을 하는 스토리가 많잖아요, 마스터.

"그런데?"

—그러니까, 론도 랜필드는 지극히 귀족적인 사고방식을

가진 녀석일 가능성이 매우 높다는 것이 제 판단이에요, 마스터.

"……."

테라의 말을 듣던 재중은 조용히 고개를 끄덕였다.

충분히 그럴 가능성이 높은 환경에서 태어나고 자랐으니 말이다.

랜필드 가문은 유대 가문이다.

그렇기에 역사가 깊고 뿌리도 깊다.

동시에 론도 랜필드는 이미 태어나면서부터 가지지 못하는 것이 없는 환경에서 자랐다.

데이빗 랜필드가 그런 망나니가 된 것도 어찌 보면 랜필드 가문의 배경이 큰 역할을 했으니 말이다.

하지만 론도 랜필드는 세간에 알려진 평가에 의하면 냉정하고 사람을 사귀는 데 딱히 구별을 하지 않는 무난한 성격이었다.

거기다 천재적인 재능이 많아서 취미로 그린 디자인으로 패션쇼까지 성공적으로 치를 만큼 다재다능한 녀석이었다.

차갑고 이성적이며 거기다 세계에서 알아주는 명문 집안인 랜필드 가문의 장남이라는 타이틀을 갖고 있는 그다.

정말 여자들이라면 확실히 매력을 느끼기에는 충분한 조건이었다.

그럼에도 망나니처럼 여자를 덮치고 다니던 데이빗 랜필드와 달리 의외로 여성 관계가 깨끗하기까지 한 론도 랜필드였다.

알게 모르게 그를 좋아하거나 호감을 가진 여자도 꽤 많은 것만 봐도 확실히 대단한 녀석이긴 했다.

하지만 재중은 그것뿐만이 아니라는 것을 직감적으로 느꼈다.

"피는 결국 무엇으로도 속일 수 없는 법이지."

아무리 자신을 포장해도 결국 본성은 숨길 수 없는 법이다.

돈을 위해서라면 무엇이든 가리지 않고 뛰어들어 크기를 불린 랜필드 가문이 아니던가?

한마디로 랜필드 가문은 수많은 사람의 피로 만들어진 가문이라고 해도 과언이 아니었다.

과거 북미에서 남북전쟁을 할 때도 가장 앞장서서 남군을 도와주다가, 북군이 유리하게 돌아가자 순식간에 돌변해서 북군의 편에 섰던 가문이 바로 랜필드 가문이다.

욕심, 탐욕, 광기를 모두 가지고 있는 그 조상의 피가 과연 숨긴다고 완전히 숨길 수 있을까?

재중은 절대로 아니라고 판단했다.

이미 대륙에서 피가 얼마나 무섭고 벗어날 수 없는 것인지 경험했다.

재중이 판단했을 때 데이빗 랜필드는 그런 랜필드 가문의 핏줄을 가장 숨김없이 드러낸 성격이라고 할 수 있었다.

론도 랜필드는 어릴 때부터 가주 수업을 받았기에 그걸 숨기는 법에 능숙할 뿐이고 말이다.

"그럼 론도 랜필드가 박태평에게 지시를 내릴 수 있다는 말인데, 낌새라도 잡은 적 있어?"

재중이 나직하게 물어보자,

—음, 아직은 없어요. 론도 랜필드와 전화 통화를 해도 딱히 다른 얘기 없이 일반적으로 업무에 대한 이야기를 하는 것이 대부분이었어요, 마스터.

"그 외 박태평의 움직임은?"

—저녁마다 박태평이 호텔로 가서 몇 시간 동안 있다가 나오긴 하는데, 멀리서 지켜본 결과 내공 수련과 함께 힐든 장로에게서 마나를 이식받는 장면을 확인했어요, 마스터.

마나를 이식받는다는 말에 재중이 고개를 돌려 테라를 바라보았다.

"제법 강한가 보군, 힐든 장로라는 녀석."

자신의 마나를 다른 사람에게 전해주는 것은 효과 면에서는 최고였다.

단전을 만들지 못하는 사람도 마나 이식을 하면 빠른 시간에 100% 단전을 만들 수 있으니 말이다.

물론 이식받는 사람의 재능과 능력에 따라 만들어지는 단전의 크기가 조금씩 다르긴 하다.

어쨌든 성공한다면 하루 만에 단전을 만드는 것도 가능한 마법 같은 기술이 바로 마나 이식이었다.

하지만 이렇게 효과가 좋은 반면 단점도 당연히 존재했다.

우선 마나 이식을 시전하는 고수가 최소한 자신의 마나를 잠자면서도 컨트롤할 수 있을 만큼 능수능란해야 한다는 것이다.

그리고 두 번째로 자신의 마나를 다른 사람에게 억지로 집어넣는 것이니만큼 마나 이식을 할 때 손실되는 마나가 생각 이상으로 많다는 것이다.

아무리 재능이 뛰어난 사람이라도 마나 이식으로 단전을 만들기 위해서는 막대한 마나가 필요했다.

간단한 예를 들어 힐든 장로가 박태평에게 단전을 만들어주기 위해 100의 마나를 집어넣더라도 실제로 박태평이 단전을 만들어 자신의 마나로 만들 수 있는 양은 고작해야 10 정도였다.

아니, 정말 재능이 좋아 많이 받아들인다고 해도 최대 20을 넘지 못했다.

한마디로 나머지 80의 마나는 그냥 허공에 흩어져 자연으로 돌아갈 수밖에 없다는 뜻이다.

거기다 안정성도 그다지 좋은 편이 아니었다.

마나 이식을 하다가 자칫 외부에서 누군가 일정 이상의 충격이나 자극을 주면 마나 이식을 시전한 사람이 내상을 크게 입을 수도 있었다.

한마디로 이득도 있지만 그와 함께 막대한 위험과 손실도 있는 것이 바로 마나 이식이었다.

흔한 일은 아니지만 대륙에서도 마법사들이 죽기 전에 제자나 다른 마법사에게 마나 이식으로 힘을 넘겨주는 일이 가끔 있었다.

하지만 그 경우는 정말 최후의 선택이었기에 시도하는 것이다.

힐든 장로처럼 이득을 위해서 마나 이식을 시도하는 일은 굉장히 드물었다.

그건 간단하게 말해 힐든 장로의 무공이 상당히 높다는 것을 보여주는 증거나 마찬가지였다.

"그렇군. 그래서 살기를 사용할 수 있었던 건가?"

재중은 테라의 말을 듣고서야 레스토랑에서 박태평이 살기를 일으켜 다솜과 화인의 기를 제압한 것이 이해가 되었다.

아무리 재능이 뛰어나다고 해도 그렇게 빠른 시간에 마나를 사용하지 않고 살기를 일으킨다는 것은 사실상 불가능했으니 말이다.

비록 좁쌀만 한 단전이지만 마나의 운용법과 사용법을 터득하게 되면 일반인을 벗어나게 된다.

그 순간부터 박태평은 일반인에게는 걸어 다니는 살인병기나 마찬가지였다.

마나를 팔에 흘려서 주먹에 집중한 뒤 그 주먹으로 사람 얼굴을 때린다고 생각하면 그것만으로도 아찔했다.

이미 박태평의 주먹은 알려진 강주먹이었다.

거기에 마나의 힘이 더해지면 본래의 몇 배에 해당하는 파괴력이 나온다.

간단한 예로 주먹을 안전하게 보호하는 마나로 만든 커다란 너클을 끼고 있다고 가정해 보면 알 수 있다.

마나를 두른 주먹은 맨주먹으로 콘크리트도 부숴 버릴 수 있을 만큼 강한 힘이다.

거기다 마나가 주먹부터 팔과 어깨, 그리고 허리까지 보호해 주기 때문에 충격이 몸에 쌓이지도 않는다.

한마디로 마나란 사용하기에 따라 완전 사기적인 능력을 줄 수도 있었다.

물론 일반인을 기준으로 보면 그렇다는 것이다.

"아무래도… 사람이 필요해."

—네?

갑자기 사람이 필요하다는 재중의 말에 테라가 고개를 갸웃거리자,

"연아에게 위급 상황이 벌어지면 임기응변으로 자리를 모면할 수 있는 능력을 가진 사람이 필요할 것 같다, 테라."

—혹시 작은 마스터를 직접적으로 노릴 수도 있다고 생각하시는 거예요, 마스터?

재중은 테라의 말에 조용히 고개를 끄덕이며 말했다.

"테라, 잊었니? 싸움을 하게 되면 최악의 상황까지 대비하는 것이 진정한 대비라는 것을 말이야."

—네. 하지만 이미 작은 마스터에게는 쉐도우 최상급이 있는데 굳이 더 조치가 필요할까요?

안전 면에서 보면 사실 연아는 핵폭탄이 옆에서 터져도 쉐도우가 있는 한 절대적으로 안전할 수밖에 없다.

쉐도우가 연아를 감싸고 어둠의 공간으로 숨어버릴 테니 말이다.

아예 다른 공간으로 숨어버리니 아무리 핵폭탄이 터진다고 해도 연아에게 상처는커녕 영향을 주는 것조차 불가능했다.

하지만 재중의 생각은 조금 달랐다.

"안전 면에서만 보면 지금의 연아는 안전하겠지. 하지만 박태평, 아니, 론도 랜필드가 만약 태평그룹을 움직여서 연아의 사업을 방해한다면 어떨까?"

—…….

재중의 말에 테라도 이번에는 아무런 말을 하지 못했다.

"론도 랜필드는 랜필드 가문의 장남이지. 그리고 돈에 관해서라면 그 누구보다 뛰어난 두뇌를 가진 집안의 핏줄을 타고났어. 그런데 그런 녀석이 정말 나에 대해서 알아보는 조건만으로 그룹 내에서 박태평의 입지를 올려주고 무공까지 가르쳐 줬을까?"

—확실히 그건 아닐 거예요, 마스터. 귀족 특유의 핏줄은 결국 자신의 이득을 위해서 움직인다는 특징이 있으니까요.

"맞아. 이건 대륙이나 지구를 떠나서 인간의 본성이야. 자신의 이득을 위해 움직인다. 이건 본능이니까 절대로 거스를 수가 없지."

—그러니까 지금 론도 랜필드는 랜필드 가문의 힘을 이용해서 박태평을 움직여 결국에는 태평그룹까지 움직일 생각이라는 거죠?

"그래."

—확실히 마스터의 말이 맞는 것 같아요. 급격하게 태평

그룹 내에서 박태평의 평가가 올라가고 있거든요. 거기다 태평그룹에서 거의 세력이라고는 없던 박태평이 론도 랜필드와 함께 태평그룹을 방문한 이후 전에 없던 지원하는 세력도 생겼어요. 그리고 원래는 박태평의 동생인 박태형의 편에 서 있던 이사와 계열사 사장 몇 명이 돌연 박태평 쪽으로 라인을 갈아탔어요, 마스터.

씨익~

재중은 이사와 계열사 사장의 변심을 듣는 순간 입가에 미소를 그렸다.

그들이 왜 갑자기 그렇게 마음을 바꿨는지 짐작이 갔기 때문이다.

"테라, 넌 이미 퇴물에 인심까지 잃어버린 박태평을 위해서 안전하고 확실한 박태형을 떠난다는 게 이해되는 상황이라고 봐? 돌연 복귀한 박태평에게 붙은 계열사 사장과 이사들이 무슨 생각으로 그랬을 것 같아?"

씨익~

재중의 말에 이번에는 테라가 입가에 미소를 지었다.

—그야 그들은 아무 생각이 없겠죠.

뭔가 이해하기 힘든 대답이지만, 재중은 그런 테라의 대답이 마음에 드는 듯 고개를 끄덕였다.

"맞아. 갑자기 박태평 쪽으로 라인을 갈아탄 녀석들은…

애초에 누군가의 명령을 받고 움직인 것이니 아무런 생각이 없는 것이지."

—그리고 그 명령을 한 녀석은 아마… 론도 랜필드겠죠, 마스터?

"거의 90% 확률일걸?"

재중이 확신에 찬 표정으로 말하자 테라가 고개를 저으면서 말했다.

—거의 99% 확률이에요, 마스터.

마법사인 테라는 확신이 서야만 99%라고 말한다는 것을 생각해 보면 추측이 아니라 확신하는 듯했다.

그런데 이야기를 듣던 재중이 테라에게 물었다.

"갑자기 박태평에게 돌아선 계열사 사장과 힘이 있는 이사급이 몇 명이지?"

—우선 계열사 사장은 모두 다섯 명이에요. 그리고 이사급은 두 명이구요. 별것 아닌 것처럼 보일 수 있지만, 현재 공전의 대히트를 기록 중인 꿀벌버터칩을 만들어서 판매하고 있는 계열사 사장부터 푸라면을 만들어서 지금의 태평그룹을 두 배나 크게 만든 라면 계열사 사장이 포함되어 있구요.

식품이라면 당연히 최고인 태평그룹에서도 푸라면 계열사 사장이라면 파워가 굉장할 것은 분명했다.

그런데 그런 계열사 사장이 돌연 박태평을 지원한다니 이해 불가일 수밖에 없는 것이다.

―거기다 초콜릿 커피 등등, 박태평에게 붙은 계열사 사장들은 현재 태평그룹에서 매출 1위부터 10권 안에 있는 사람들이에요. 그래서 겉으로는 박태평 쪽 라인이 숫자가 적어서 약해 보일 수도 있지만 숫자만 적을 뿐 힘에서는 지금 박태형을 오히려 앞지르고 있다고 저는 판단하고 있어요, 마스터.

"……."

테라의 말을 듣고 가만히 생각하던 재중은 미간을 찌푸렸다.

그리고 테라는 재중의 표정을 보고 조용히 기다렸다.

재중이 뭔가 싫은 결정을 해야 할 때 꼭 저런 표정을 짓는다는 것을 알고 있기 때문이다.

생각에 빠진 재중은 어차피 옆에서 아무리 큰 소리가 나도 알아차리지 못하니 말이다.

"아, 꼬이는구나, 꼬여."

―……?

재중이 결국 생각을 정리했는지 정말 싫은 표정으로 입을 열었다.

어째서 론도 랜필드가 한국에 오기 전에는 자신에게 킬

러까지 보내놓고 실제로는 호텔에서 꼼짝도 하지 않는지 이해가 되기 시작한 것이다.

더불어 어째서 그토록 박태평에 지극정성인지 추측 가능한 스토리가 번쩍이면서 머리에 떠올라 버렸다.

테라는 슬그머니 그런 재중의 옆으로 다가섰다.

—왜 그러세요, 마스터?

"테라, 지금 내 재산이 얼마나 돼?"

—네? 재산이요? 음, 당장 사용 가능한 자금은 40억 달러 정도 돼요, 마스터.

"40억 달러면… 한국 돈으로 4조 원이 좀 넘는 건가?"

그 잠깐 사이에 이미 재중이 쓴 돈을 모두 메워 버리고 거기다 5억 달러를 더 벌어서 40억 달러를 만들어놨다.

이것을 보면 확실히 테라가 대단한 녀석이긴 했다.

아무튼 대충 계산해 보면 그 정도 나왔다.

정확하게 한국 화폐로 바꿔서 표현하자면 4조 4천억 원이 조금 넘는 금액이다.

천산그룹의 천 회장의 전 재산을 모두 합치면 20억 달러 정도가 된다.

그것과 비교해 보면 확실히 재중의 재산이 어마어마하긴 하다.

즉시 운용 가능한 금액이 천 회장의 전 재산을 가볍게 뛰어넘었으니 말이다.

기업을 운영하는 것도 아니다.

테라가 오로지 시우바 그룹의 시우바 회장 목숨 값으로 빌린 돈을 종자로 삼아 이렇게 큰돈을 만든 거였다.

시우바 회장에게 빌린 돈은 진작 다 갚은 상태이다.

그리고 이 자금의 핵심은 지금 당장 사용 가능한 금액이라는 것이다.

즉 그 말은 묶여 있는 주식부터 시작해 다른 여러 가지를 모두 합치면 테라도 실제로 처분을 해봐야 총재산의 규모를 알 수 있다는 뜻이다.

정말 재중이 재산을 처분하려고 마음먹고 테라에게 명령한다면 지금 사용 가능한 금액의 최소 두 배는 나올 것이다.

"태평그룹의 자산 총액은 얼마지?"

—태평그룹의 자산 총액이요?

갑자기 태평그룹의 자산 총액을 묻는 말에 테라가 품에서 최신식 고성능 스마트폰을 꺼내더니 검색을 시작했다.

금방 대답이 나왔다.

—2조 원 정도예요, 마스터.

"만약 내가 태평그룹을 적대적 M&A를 해서 소유한다면 가능성이 얼마나 되지?"

—……!!

순간 테라는 크게 놀라면서 잠시 재중을 바라봤다.

혹시나 재중이 농담하는 건지 아닌지 의심이 됐다.

그 정도로 지금 재중이 한 말은 충격적이었다.

부도 직전까지 간 회사도 아니고 지금 잘 굴러가는 회사였다.

그런 회사를 강제 M&A한다는 것은 사실상 미친 짓에 가까웠다.

거기다 태평그룹의 총자산이 2조원이다.

그런데 국내법에는 적대적 M&A를 막기 위한 제도가 있기에 의외로 걸림돌이 많았다.

강제공개매수제도라는 이름의 이 제도에는 대주주가 아닌 제삼자가 상장 기업이나 장외 등록 법인의 주식을 25% 이상 매입하려면 반드시 50%+1株[주]까지 공개 매수를 통해서 청약해야만 한다는 강제 조항이 있었다.

당연히 기업을 보호하기 위해서 만들어진 이 조항은 공격적으로 기업을 매수하려는 기업 사냥꾼들에게 공개 매수에 의한 자금 부담을 주는 것이 그 목적이었다.

물론 방어하는 사람이 돈을 더 내는 조금 어설픈 점도 있지만 공개 매수라는 점에서는 확실히 적대적 M&A를 하는 기업 사냥꾼들에게 꺼림칙한 제도이기도 했다.

몰래 매입할수록 기업 사냥꾼에게는 여러 가지 이득이 있지만 강제로 공개되면 기업이 방어를 할 수 있는 기회를 주게 되니 말이다.

하지만 한편으로는 이 제도는 기업 인수 · 합병(M&A) 과정을 투명하게 하여 소액 주주를 보호하고 일정 지분을 소유한 자가 투기의 목적으로 반복적인 공개 매수를 시도해 잔여 주주에게 피해를 주고 장내 시장 기능을 혼란하게 할 우려를 불식시키려는 데 목적을 두고 있다.

사실상 기업의 혼란을 최대한 적게 하거나 빨리 종식시키는 것이 목적인 제도였다.

—그거야… 현재 시장에 풀린 태평그룹 주식이 5% 정도예요, 마스터. 그 외에도 어떻게든 주식을 구해서 무조건 25%를 만든다면 경영권에 관여할 수 있어요. 그리고 만약 마스터께서 40% 이상의 태평그룹 주식을 소유하게 된다면 그냥 마스터의 기업이라고 해도 틀린 말은 아니에요.

일반적으로 주식으로 자금을 움직이는 태평그룹 같은 큰 그룹의 경우 경영권을 가진 박 회장이 20%의 주식을 갖는다.

나머지 5%는 박 회장을 지지하고 뒤에서 받쳐 주는 사람들의 것이다.

그 외 부족한 부분은 계열사 사장들과 이사진, 호의적이

거나 그리고 오랜 세월 같이 일한 믿을 수 있는 주주들이 소유하고 있다.

그러한 우호 지분을 모두 합치면 55%를 가뿐하게 넘기는 태평그룹이다.

사실상 박 회장의 독재 세상이나 마찬가지였다.

그런데 갑자기 재중이 왜 태평그룹에 대한 적대적 M&A를 이야기하는 건지 테라는 이해하지 못했다.

사실 테라도 돈을 굴리고는 있지만 아직 세세한 것까지 빠르게 인식하기에는 시간이 조금 더 필요했다.

머리로는 이해하고 있지만 경험이 없다는 것이 현재 테라의 유일한 약점이었다.

"아무래도 랜필드 가문에서 태평그룹을 노리는 것 같다."

—네? 갑자기 왜 랜필드……. 헉! 설마……?

재중의 말을 듣고 아니라고 말하려던 테라가 한 박자 늦게 무언가 깨달은 듯 감탄성을 냈다.

갑자기 랜필드의 명령을 받고 박태평 쪽으로 라인을 옮겨 탄 계열사 사장들을 떠올리자 바로 재중의 말이 이해가 된 것이다.

"박태평 쪽으로 라인을 옮긴 계열사 사장들의 근무 햇수가 얼마나 되지, 보통?"

—대부분 20년 이상이에요.

당연했다.

계열사 사장에 이사급까지 올라간 사람들이다.

태평그룹에만 올인해도 성공할까 말까 한데 다른 곳에 한눈팔 여유가 없을 테니 말이다.

그런데 잠시 그들의 면면을 생각하던 테라가 큰 소리로 재중에게 말했다.

—맞아요! 또 하나의 공통점이 있어요! 박태평에게 옮겨 간 계열사 사장과 이사급 인원들에게는요!

"또 다른 공통점?"

—네. 바로 모두 외부에서 들어온 사람들이에요. 당시 태평그룹이 한참 덩치를 불리는 상황이기에 능력이 있으면 우선 고용해서 내 사람을 만들자는 취지였어요. 박 회장의 세간의 평가가 호탕하고 남자답다고 하는 것도 바로 모두 외부 인사를 과감하게 계열사 사장에 앉혔기 때문이거든요. 물론 그들이 외부에서 영입된 게 벌써 20여 년 전이라 이미 대부분 그 사실을 잊었겠지만요.

"한마디로 스카우트했다는 말이군."

—네. 그리고 하나씩 히트 상품을 만들어내면서 능력을 인정받아 이례적으로 외부 인사가 계열사 사장에 앉기 시작했어요, 마스터.

"……."

—…….

테라는 재중의 말을 듣고 추리하는 순간 랜필드 가문의 끈질김에 혀를 내둘렀다.

어떻게 수십 년을 기다릴 수 있단 말인가?

그저 가능성만 보고 자신의 사람을 태평그룹에 투자한 다음 나중에 절정에 달했을 때 교묘하게 자신의 명령을 따르는 그룹으로 만들어 버리려는 속셈이었으니 말이다.

그리고 재중의 추측이 정확하다면 어째서 론도 랜필드가 직접 한국까지 와서 박태평을 만났는지 이해가 될 수밖에 없었다.

아니, 차기 랜필드 가문의 가주인 론도 랜필드가 직접 와야만 했던 것이다.

애초에 재중에게 킬러를 보냈던 것은 건드려 보는 것 그 이상도, 그 이하도 아니라는 뜻이다.

Chapter 12
보이지 않는 지배자

—지독한… 끈기네요, 마스터.

테라마저도 인정할 만큼 수십 년을 기다린 랜필드 가문의 끈기였다.

"하지만 끈기뿐만이 아니야. 그 나라의 대기업을 자신의 수족처럼 다룰 수 있다면 돈 이상의 가치가 있지. 간단하게 갑자기 생필품 가격을 올려서 경제를 마음대로 할 수도 있고 그 나라의 정부에 압박도 넣을 수 있지."

—한마디로 투자한 돈은 비교도 되지 않을, 돈 이상의 가치를 만들었다는 말이네요, 마스터.

"그래. 대륙에서도 고위 귀족들이 상단을 운영하는 경우가 많았지? 이유를 생각해 봐. 과연 고위 귀족들이 돈이 필요해서 상단을 운용했을까? 난 아니라고 봐. 그들이 상단을 운용해서 얻는 것은 바로 국민을 지배할 수 있는 힘이야. 자신과 자신이 지지하는 왕가에 백성들이 따르도록 할 수 있는 보이지 않는 지배력을 발휘하기 위해서 상단을 운용했던 거야. 먹을 것, 입을 것, 그리고 여러 가지 필수 품목을 가지고 협박하는데 누가 따르지 않겠어? 당연한 거지."

소름 끼치는 말이다.

하지만 지금 재중이 하는 말은 정말 현실에서 지금 일어나고 있는 일이기도 했다.

태평그룹은 현재 국내 식품 관련 업계 1위다.

즉 태평그룹에서 라면 값을 50원 올리면 다른 업체도 뒤따라 가격을 올리고, 태평그룹에서 가격을 내리면 마치 따라 하듯 가격을 내리는 것이다.

전기전자 쪽은 천산그룹이 국내에서 최고라면 태평그룹은 식품 쪽에서 최고였다.

물가도 좌우할 수 있는 권력을 지니고 있는, 귀족이나 다를 바가 없는 입장이다.

그런데 그런 태평그룹을 지금 랜필드 가문에서 아주 천천히 집어삼키기 위해 입을 벌리기 시작한 것이다.

마치 고기가 알맞게 익기를 기다리듯, 랜필드 가문은 태평그룹이 한국이라는 나라에서 자신들이 원할 만큼의 능력을 가질 때까지 기다린 것이다.

몇 년이고 몇 십 년이고 말이다.

혹시라도 위기가 오면 보이지 않게 태평그룹을 도왔을 것이 뻔했다.

박태평 쪽으로 돌아선 계열사 사장들이 이미 랜필드 가문의 사람이었으니 그 사람들을 통한다면 태평그룹의 눈을 속이는 것은 아무것도 아니었을 것이다.

—마스터, 설마 지금 태평그룹을 살리려고 적대적 M&A를 생각하고 계신 거예요?

"아니."

—……?

지금까지의 말을 들어보면 마치 재중은 태평그룹을 랜필드 가문의 손에서 빼어서 다른 놈들의 손아귀에서 놀아나는 것을 막으려는 것만 같았다.

마치 애국자와 같은 모습으로 비춰진다.

그래서 물은 거였는데 1초의 망설임도 없이 단칼에 아니라고 대답한 것이다.

테라는 당황할 수밖에 없었다.

"나에게 적대감이 있는 박태평이 론도 랜필드의 배경을

등에 업은 이상 다음 태평그룹의 주인이 되는 것은 아마 확실할 거야."

—그야… 혹시… 작은 마스터 때문에요?

이야기를 듣던 테라가 그럼 그렇지 하는 표정으로 물었다.

"당연한 거 아니야? 난 애초에 나에게 이빨을 드러내지 않으면 무시하기로 했으니까."

—네, 그렇죠. 확실히 마스터의 힘으로 오지랖 넓게 끼어들면 오히려 일만 복잡해질 것이 뻔하니까요.

확실히 재중의 힘과 테라의 능력, 흑기병의 능력이 합쳐지면 무시무시하다.

마음먹기에 따라 지구의 모든 국가를 한번 뒤집는 것도 가능한 일이다.

하지만 무심한 성격의 재중에게는 그 모든 것이 그저 귀찮은 일, 딱 그 정도였다.

다만 연아가 관련되면 예외로 의욕에 불타는 재중이지만, 그 후폭풍이 결코 작지 않다는 것이 단점이라고나 할까?

아무튼 론도 랜필드가 한국으로 단둘만 온 것, 그리고 박태평을 만난 것, 재중의 이야기를 꺼낸 것은 모두 박태평의 마음속에 있는 복수심을 자극해서 자신들에게 호감을 주기 위한 하나의 도구였던 것이다.

그리고 최종 목적은 론도 랜필드가 박태평과 친해지고 난 뒤 그를 태평그룹의 다음 주인으로 만든 다음 마음대로 움직인다는 것이다.

돈이든 권력이든 말이다.

만약 재중이 이상한 낌새를 눈치채지 못했다면 정말 태평그룹이 랜필드 가문의 손아귀에서 놀아나더라도 아무도 몰랐을 정도이다.

아니, 태평그룹이야 재중이 관계가 있기에 운 좋게 알았을 뿐, 실제로 이미 랜필드 가문의 손아귀에서 놀아나는 기업이 더 있을지도 몰랐다.

갑자기 미친 듯이 오르는 물가를 보면 도저히 이해가 가지 않는 것이 현재 대한민국의 현실이니 말이다.

200원 올리고 10원 내리면서 물가를 조절한다는 말도 안 되는 헛소리를 하는 모습을 보면 정말 보는 사람도 혀를 내두를 만큼 어이없는 정책이었다.

그런데 만약 그것이 랜필드 가문처럼 외부의 힘에 의해서 움직인 거라면?

상상조차 하기 싫은 무서운 이야기였다.

"테라."

—네, 마스터.

"시중에 나와 있는 태평그룹의 모든 주식을 사들여. 그리고 최대한 주식을 확보해."

—전부 다 사들여요?

"응."

—뭐 그건 어렵지 않은데… 마스터 이름으로 할까요, 아니면 빅 핸드로 할까요?

"우선은 아직 내가 드러나면 안 되니까 빅 핸드 외에 다른 이름 하나 더 만들어서 사들여. 들키지 않게. 무슨 말인지 알지?"

—후후후후훗, 그건 걱정 마세요. 이미 주식을 사고파는 것만큼은 저기 북미에서도 저를 따를 자가 없어요, 마스터.

확실히 지금 가장 딱 필요한 능력을 테라가 가지고 있었다.

그것도 가장 자신있어하는 마법 다음으로 말이다.

"그것 때문이었나. 론도 랜필드, 크크큭, 대단한 녀석이야. 오히려 나를 이용하다니……."

정말 머리 하나는 비상한 녀석이었다.

어떻게 재중을 이용할 생각을 했을까?

재중조차도 깜빡 속아서 론도 랜필드에게만 집중해 무슨 꿍꿍이를 가지고 있는지 혼자 고민에 빠질 수밖에 없게 만들어 버렸다.

그렇게 생각하면 처음 랜필드 가문에서 재중에게 킬러를 보낸 것도 의도적이었던 것 같다.

어쩌면 그것이 박태평과 친해지는 수단의 시작이었을지도 모른다는 생각이 드는 재중이다.

재중이 킬러의 손에 죽으면 박태평에게 자신이 대신 죽였다고 하면서 박태평의 환심을 사게 될 테니 말이다.

그리고 지금처럼 재중을 죽이지 못하게 되었을 때는 마나를 기꺼이 주는 호의를 베푼다.

그러면서 오히려 박태평의 마음을 자신의 것으로 하는데 확실한 도구로 이용하는 것이다.

즉 론도 랜필드에게는 재중이 데이빗 랜필드를 죽였든 죽이지 않았든 애초에 상관이 없었던 것일 수도 있었다.

우연히 데이빗 랜필드를 죽인 재중과 박태평의 관계를 알았고 그리고 이용했다는 결론이었다.

그저 박태평과의 인연이 있는 재중이 필요했을 뿐이니 말이다.

"그래, 네가 돈의 힘으로 나를 이용했다면… 그럼 나도 돈의 힘으로 네놈 뒤통수를 때려주마. 그것도 아주 강한 한 방으로 말이야."

누군가에게 이용당하는 것을 정말이지 극도로 싫어하는 재중이었다.

론도 랜필드가 자신을 이용했다는 것을 알게 된 순간 이미 그는 재중에게 적이었다.

그리고 재중은 볼일이 끝난 다음 결코 적을 살려준 적이 없었다.

그날 갑자기 빅 핸드와 함께 나이트 핸드라는 이름이 월가에 조용히 모습을 드러냈다.

사람들은 빅 핸드를 동경해서 따라 하는 어느 누군가로 여기고 대수롭지 않게 생각했다.

하지만 실제로는 테라가 만든 이름이었다.

본래 테라가 만들려고 했던 이름은 스몰 핸드였다.

하지만 빅 핸드가 괴물로 유명해지면서 사람들이 빅 핸드를 따라 이름을 짓는 경우가 종종 생겨난 것이다.

혹시라도 이름에 핸드가 들어가면 자신도 돈을 벌 수 있지 않을까 하는 생각이었다.

결과적으로 스몰 핸드는 이미 누군가 사용하고 있었다.

그렇게 하나씩 없는 것을 찾다 보니 결국 나이트 핸드라는 이름이 탄생했다.

물론 테라는 마음에 들지 않는 눈치지만, 어차피 태평그룹 주식을 모두 사들이고 나면 빅 핸드로 통합할 예정이기에 잠시만 참기로 했다.

그리고 테라가 이름을 지으면서 알게 된 사실이 하나 있는데, 이름에 핸드가 붙은 것을 사고파는 사람들이 있다는 것이었다.

그 얘기를 듣고서는 테라도 잠시 황당한 표정을 지을 수밖에 없었다.

그리고 그중에서도 테라가 사용하는 빅 핸드라는 이름은 가격대가 무제한이라는 것을 듣고는 한참 동안 웃어버렸다.

*　　　*　　　*

"응?"

테라와 헤어지고 다시 어둠을 통해 도시로 돌아온 재중은 오랜만에 좀 걷기로 마음먹었다.

한데 오래지 않아 전화가 울렸다.

"실바?"

전화한 사람이 레오나르도 실바인 것을 확인한 재중이 받을까 말까 고민했다.

그런데 벨소리가 몇 번 울리지 않았는데 갑자기 전화가 끊겨 버렸다.

"훗, 뭐 나야 편하고 좋지."

실바가 나타날 때마다 귀찮은 일이 자꾸 벌어지곤 했다.

그뿐만 아니라 실바가 옆에서 시끄럽게 떠드는 것도 꽤나 귀찮았던 재중이다.

재중이 휴대폰을 다시 집어넣으려는데 순간,

띠링~ 메시지 왔쇼용~ 메시지 왓쇼용~

아주 경박스럽게 메시지 알람이 울리면서 메시지 하나가 도착했다.

"쩝."

그런데 그 메시지를 본 재중은 피식 웃어버렸다.

—재중, 귀찮다고 전화 안 받으면 내가 또 S대 가서 난리 친다? 얼른 전화 받아. 중요한 일이야.

거의 협박에 가까운 실바의 메시지를 보고는 결국 다시 온 전화를 받을 수밖에 없었다.

귀여운 협박보다는 중요한 일이라는 말이 더 걸렸다.

실바의 성격에 아무 일이나 중요한 일이라고는 말하지 않았을 것이다.

—재중, 내 전화 피하지 마. 나 슬퍼진다, 정말.

전화를 받자마자 서운해하는 실바의 목소리에 재중은 다시 피식 웃었다.

"그래, 생각해 볼게. 그보다 무슨 일인데 중요한 일이라고 으름장을 놓는 거야?"

재중은 어차피 길게 통화해 봐야 실바의 수다를 들어야 한다는 생각에 바로 용건을 물었다.

—재중, 친선경기 날짜가 정해졌어.

"응? 그럼 아직까지 날짜가 정해지지 않았던 거야?"

레알 마드리드와 천산FC 친선 축구시합은 이미 전국적으로 알 만한 사람은 다 아는 소식이었다.

그런데 이제야 날짜가 나왔다는 말에 허무할 만큼 어이가 없었다.

—알잖아. 재중이 출전하지 않으면 감독님이 친선시합을 안 하겠다고 버티는데 대한축구협회에서 무슨 수로 날짜를 잡겠어. 재중이 이해해. 원래 욕심 많은 영감이 늙으면 더 해.

쾅!

그때 갑자기 전화기 너머로 엄청난 굉음이 울리더니 잠시 실바가 조용해졌다.

"……?"

전화를 잡은 실바가 수다를 떨지 않는다는 것이 이상했

기에 재중이 잠시 기다리다 전화를 끊으려고 했다.
그런데 순간,
—재중 군, 나 루이스 펠라리네 감독이네."
"네, 감독님."
나름 인연이 깊은 루이스 펠라리네 감독의 목소리가 들려왔다.
재중은 방금 전 굉음이 무엇이었는지 충분히 알 만했다.
아마 감독 욕을 하다가 뒤에서 한 대 맞았을 것이다.
그리고 전화기까지 빼앗기고 말이다.
—그래서 말인데, 친선시합은 바로 3일 뒤 토요일 서울 월드컵경기장에서 하기로 합의가 끝났네.
"……?"
재중은 날짜를 듣고는 고개를 갸웃거렸다.
불과 3일 뒤라는 말에 조금 황당했다.
더구나 지금 천산FC 선수들은 시즌 중이었다.
3일이라는 시간은 너무 무리라는 생각에 재중은 나직하게 한마디 했다.
"천산FC 선수들 시간을 어떻게 맞출 건가요? 제가 알기로 지금 시즌 경기를 하고 있는 걸로 알고 있는데요."
나직한 재중의 목소리에 나름 힘이 실렸다는 것을 루이스 펠라리네 감독도 느낀 듯했다.

루이스 펠라리네 감독이 헛기침을 하고는 대답했다.

—흠흠, 그거에 관해서는 천산FC 쪽과 축구협회가 일정 조정을 해주기로 했네. 여기 시즌 경기도 일주일 정도 밀리긴 했지만 경기를 하기로 한 상대 구단과 합의했다네. 사실상 천산FC 선수들은 우리와 친선경기를 하는 것으로 인해 일주일이라는 시간을 번 셈이니 오히려 괜찮지 않은가?

"그래요?"

확실히 경기 일정을 조금 미루면 충분히 가능성이 있긴 했다.

갑자기 비가 많이 오거나 하면 경기가 밀리는 경우가 종종 있는 것이 야외 스포츠의 해프닝이기도 했다.

거기다 이번에 축구협회에서도 레알 마드리와 천산FC의 친선경기를 통해서 어떻게든지 떠나 버린 축구 팬을 조금이라도 다시 끌어모으기 위해서 많은 신경을 쓰고 있는 것이 느껴지기도 했다.

'결국 결과가 좋으면 좋은 거겠지.'

재중도 이왕 하기로 한 것 기분 좋게 가기로 했다.

아주 조금 남아 있는 귀찮은 마음도 이걸로 다 털어내 버렸다.

재중이 한번 뛰어주는 것으로 인해 한국 프로축구에 약간이나마 도움이 된다면 결과적으로 그다지 손해 보는 일도 아니었다.

거기다 연아가 그토록 재중이 축구장에서 공 차는 모습을 보고 싶어 한 것도 어느 정도 영향이 있긴 했다.

어떻게 보면 재중이 연아와 관련되면 완전 사람이 돌변하긴 한다.

한데 또 시스터 콤플렉스라고 할 정도까지는 아니었다.

어떻게든지 시집을 보내려고 고민하고 있으니 말이다.

—그럼 3일 뒤 오전에 우리 쪽에서 차를 보낼 테니 그걸 타고 오게.

"왜 감독님 쪽에서 차를 보내는 겁니까?"

재중은 천산FC 쪽에서 뛰기로 약속을 했다.

그런데 뜬금없이 레알 마드리드의 감독인 루이스 펠라리네 감독이 차를 보낸다고 하니 이해가 안 되었다.

—차를 보낸다고 하면 타고 오면 되는 것을 아무튼 고집하고는. 그냥 자네를 보고 싶어 하는 사람이 있다는 것만 알고 오면 되네. 그리고 어차피 친선경기인데 뭘 그리 따지는 겐가? 그냥 즐기면 될 것을 말이야.

"…뭐, 그러죠."

재중은 버럭 화를 내면서 다그치는 루이스 펠라리네 감독의 모습에 멋쩍어 피식 웃고는 전화를 끊었다.

"3일이라……. 뭐 알아서 하겠지. 어차피 나야 주전이라고 해도 천산FC 감독이 안 내보내면 끝이잖아?"

재중은 마음 편하게 먹고 가기로 했다.

어차피 재중이 주전 명단에 있다고 해도 감독이 갑자기 바꿀 수도 있는 것이니 말이다.

거기다 친선경기의 특성상 교체가 무제한이기에 사실 주전의 의미가 없기도 했다.

띠리리~

"응?"

하루에 한 번 전화가 와도 많이 오는 재중의 휴대폰이 연달아 울렸다.

재중은 오늘따라 참 자신을 찾는 사람이 많다고 생각하면서 화면에 떠오른 이름을 보았다.

그런데 병원이었다.

"응? 웬 병원이지?"

처음 보는 병원에서 전화가 왔다는 것에 재중이 고개를 갸웃거리면서 전화를 받았다.

"여보세요?"

—네, 여기 XX병원입니다. 혹시 선우재중 씨 되십니까?

"네, 제가 선우재중입니다만, 무슨 일이시죠?"

—아, 선우연아 씨가 교통사고로 지금 저희 병원 응급실에 와 있는데 다행히 의식이 있어서 선우재중 씨에게 연락

을 해달라고 해서요.

"……!!"

한순간 재중의 머릿속이 천천히 하얗게 변하기 시작했다.

그리고 어린 시절 부모님이 교통사고로 죽은 일이 떠오른다.

온몸의 힘이 천천히 빠지려는 순간,

두근!

재중의 심장이 갑자기 강하게 한 번 움직이더니 한순간에 재중의 온몸에 피가 아닌 마나가 돌게 만드는 것이다.

마나가 재중의 온몸을 한 번 휘감아 돌자 순간 하얗던 재중의 머리가 다시 정상으로 돌아오고 눈빛도 차분하게 가라앉았다.

재중은 드래곤하트 대신 휴먼하트를 가지고 있는 특이한 변종에 가까운 드래곤이었다.

휴먼하트는 평소에는 그저 평범하게 움직인다.

하지만 심리적으로나 외부적으로 본인이 견디기 힘든 충격을 받으면 비로소 휴먼하트가 강하게 움직인다.

그러면서 피가 아닌 마나를 재중의 몸에 공급하게 되는 것이다.

그리고 마나가 공급된 재중은 인간적인 사고력이 낮아지

고 드래곤적인 사고력이 높아지는 특이한 현상이 벌어졌다.

즉 휴먼하트가 재중의 몸에 마나를 가득 공급할 때가 진정한 드래곤이 되는 때였다.

드래곤은 정신력이 그 어떤 생명체보다 강하고 이기적인 존재다.

그리고 그렇기 때문에 웬만한 심리적 충격에도 쉽게 흔들리지 않는 강인한 정신력을 가지고 있다.

지금 재중은 연아의 교통사고 소식을 듣자마자 충격을 받았다.

그런데 그 충격이 재중의 어린 시절 부모를 잃은 기억과 겹치면서 충격이 중첩되어 강하게 다가온 것이다.

이런 충격에 그동안 자신이 익숙해졌다고 생각한 재중이었다.

그렇기에 오히려 더욱 속수무책으로 충격을 이기지 못했는지도 모른다.

아무튼 그렇게 충격에 의해 재중에게 변화가 왔다고 판단되자 휴먼하트가 바로 움직인 것이다.

본래 인간의 심장이 뇌의 영향을 받지 않는 독립적인 기관인 것도 지금의 상황을 만든 요인이기도 했다.

아무리 뇌에서 충격을 받고 몸의 힘이 빠진다고 해도 심장은 오로지 생존을 위해서 독립적으로 움직이는 기관이었다.

재중의 경우 그게 휴먼하트라는 특별한 심장이기에 이런 현상이 벌어진 것이다.

"곧바로 가겠습니다."

차분하게 안정이 된 재중은 곧바로 전화를 끊고 어둠 속으로 걸음을 옮기려다 멈칫했다.

한 번도 가본 적이 없는 병원이었다.

"할 수 없군."

별수 없이 택시를 탄 재중은 타자마자 외쳤다.

"XX병원으로 가주세요! 빨리요!"

"네, 손님."

Chapter 13
연아의 사고

기사가 바로 출발하자 재중은 눈을 아래로 내리고 조용히 테라를 불렀다.

'테라.'

—네, 마, 마스터.

이미 평소의 재중이 아니라고 판단했는지 테라가 말을 더듬으면서 대답했다.

어딘가 숨어서 대답하는 것 같은 목소리였다.

'흑기병.'

—네, 마스터.

흑기병은 연아의 안전을 위해서 특별한 일이 없으면 연아 곁에 붙여두는 편이다.

'이게 어떻게 된 일이지? 설명이 필요하다.'

너무나 차분한 재중의 목소리와 평소와 달리 재중의 몸에서 마나가 넘쳐흐르는 것을 느낀 테라는 순간적으로 알아차렸다.

지금 재중의 자아가 드래곤 쪽에 가깝다는 것을 말이다.

지극히 이성적이고 냉정한 드래곤의 자아가 강하게 작용하는 중이라면 평소처럼 재중을 대했다가 무슨 벌을 받을지 모른다.

그래서 평소와 달리 조심하면서 차분하게 입을 여는 테라였다.

—아니, 테라, 내가 설명하지.

테라가 입을 열려고 하는데 흑기병이 막아서며 먼저 말했다.

—어떤 벌이라도 달게 받겠습니다, 마스터.

그림자 속에 있지만 흑기병의 성격이라면 아마 지금 오체투지에 버금갈 만큼 무릎을 꿇고 있을 것이 뻔했다.

하지만 재중의 목소리는 한없이 차갑기만 했다.

'말해봐. 쉐도우와 흑기병이 있는 연아가 교통사고를 당했다니 이게 가능한 일인가?'

—우선 작은 마스터의 상태는 놀라서서 잠깐 쇼크가 온 것과 몸에 네 군데의 찰과상을 입었습니다.

'그게 전부인가?'

—네, 마스터.

'그럼 말해봐. 어째서 쉐도우가 반응하지 않았는지 말이야.'

이것이 가장 중요했다.

총알마저도 막아내는 쉐도우다.

그런데 그런 쉐도우가 작동하지 않았다는 결론밖에 나오지 않는다.

—우선 쉐도우는 작동을 했습니다.

'변명하는 건가, 흑기병?'

재중이 차갑게 한마디 하자,

쾅!!

순간 재중의 귓가에 엄청난 굉음이 들렸다.

그의 그림자 안에서 흑기병이 머리를 땅에 찧는 소리였다.

—마스터, 절대로 흑기병은 거짓말을 하지 않아요. 그건 마스터께서 더 잘 아시잖아요.

옆에서 보다 못한 테라가 변호하듯 말했지만 재중의 반응은 차갑기만 했다.

'내가 언제 너에게 말하라고 허락했지?'

—죄송합니다, 마스터.

드래곤의 자아가 강해진 재중은 완전 딴사람이나 마찬가지였다.

2차 각성을 할 때 재중은 드래곤의 자아를 이기지 못했었다.

아니, 인간의 자아가 드래곤의 자아를 밀어냈다는 것만으로도 사실 재중이 이뤄낸 것은 정말 기적에 가까운 상황이었다.

하지만 그렇게 재중이 밀어낸 드래곤의 자아가 과연 정말 사라졌을까?

그건 아니었다.

드래곤의 자아는 그 어떤 정신력보다 강했다.

그런 강한 자아가 겨우 한 번 밀렸다고 사라진다는 것은 어불성설이다.

사실 이건 재중도 전혀 예상하지 못한 결과이기도 했다.

재중이 2차 각성 중에 드래곤의 자아와 싸우면서 밀어낸 것이 휴먼하트 속에 숨어버린 것이다.

재중의 자아가 워낙에 강했기 때문에, 그리고 그동안 대륙에서 싸우며 온갖 어려움을 이겨낸 정신력이 드래곤의 자아보다 아주 조금 더 강했기에 가능한 일이었다.

그런데 지금 그렇게 2차 각성 때 밀려나서 휴먼하트 속에 잠들어 있던 드래곤의 자아 일부가 흘러나온 것이다.

휴먼하트가 마나를 퍼뜨리면서 재중의 마나를 먹고사는 드래곤의 자아가 활동할 수 있는 환경이 만들어지며 나온 결과였다.

뭐 결과적으로 아주 냉정한 재중이 탄생한 것이다.

'흑기병, 계속 말해라.'

—네, 마스터. 확실히 쉐도우가 작동을 했습니다. 트럭이 작은 마스터와 천서영 님이 타고 있는 차를 옆에서 들이받는 순간, 쉐도우가 작동하는 것을 제가 직접 확인했습니다.

'그럼 왜 연아가 다친 거지?'

—작은 마스터께서 쉐도우를 거부하셨습니다.

'……?'

순간 재중은 흑기병이 한 말을 이해하는 데 몇 초의 시간이 걸렸다.

그리고 그 몇 초 동안 가능성을 생각해 봤다.

일반적인 사람인 연아가 총알은커녕 미사일 직격에도 견디는 쉐도우를 거부해?

그런다고 쉐도우가 작동을 멈춰?

있을 수 없는 일이었다.

'사실인가?'

—네, 마스터. 지금 제 말에 한 치의 거짓도 없음을 맹세합니다.

'그럼 흑기병은 물러나. 테라, 설명해 봐.'

흑기병은 사실 백병전에 특화되어 있는 가디언이기에 쉐도우가 왜 멈췄는지, 연아가 거부했다고 한 번 발동된 쉐도우가 어째서 정지한 것인지 이해를 못 하고 있었다.

자신이 이해를 못 하니 설명도 할 수 없다.

재중도 그러한 상황을 알기 때문에 테라를 불렀다.

—네, 마스터.

'설명해 봐. 내가 아는 상식으로는 한 번 발동한 쉐도우가 주인이 거부했다고 정지했다는 것은 들어본 적이 없으니까.'

재중은 자신이 직접 마법을 사용하지는 못한다.

하지만 대륙에서 살면서 베르벤에게 엄청난 마법 지식을 넘겨받았다.

수많은 시간 동안 아무런 놀거리도 없이 오로지 드래고니안과 전쟁만 치렀던 재중이었다.

그에게 그나마 심심함을 달래준 것이 바로 마법 지식이었다.

그리고 그런 베르벤의 마법 지식에도 쉐도우가 한 번 작동한 뒤 거부했다고 중지했다는 말은 들어본 적이 없었다.

애초에 작동하지 않았다면 모를까, 쉐도우는 자아가 없는 어둠의 키메라에 가까운 생물이다.

그런데 그런 자아가 없는 생물이 거부한다고 정지를 해?

있을 수 없는 일이었다.

재중이 알고 있는 상식선에서는 그랬다.

—우선 흑기병의 말대로 쉐도우가 발동한 것은 저도 확인했습니다. 하지만 작은 마스터께서 쉐도우가 발동하자마자 강하게 거부하셨습니다.

'그게 가능한 말인가, 테라?'

—네. 인간들의 마법 지식으로는 알려지지 않은 내용이지만, 드래곤의 지식에는 딱 한 가지 이유가 적용되면 주인이 거부하는 순간 쉐도우가 명령을 따르게 되어 있습니다, 마스터.

'말해봐.'

—마스터의 피로 만든 쉐도우이기에 작은 마스터의 명령을 따른 겁니다.

'내 피?'

쉐도우를 최상급으로 만들기 위해 재중의 피가 아주 조금이지만 필요하다는 테라의 말에 피를 준 적이 있다.

하지만 그것이 왜 이유가 된단 말인가?

—작은 마스터와 마스터는 같은 핏줄의 남매이니까요.

그리고 쉐도우를 강하게 각성시키면서 마스터의 피가 쉐도우에 각인된 이상 마스터와 같은 핏줄을 가진 사람이 강하게 거부할 경우 쉐도우는 작동을 멈춥니다.

'하아, 어이없는 상황이군.'

재중은 최상급 쉐도우의 능력을 철저하게 믿었다.

아니, 믿을 수밖에 없었다.

쉐도우의 능력은 재중도 너무나 잘 알고 있고, 테라가 만든 마법 생물 중에 가장 획기적이고 엄청난 능력을 지닌 녀석이었으니 말이다.

그림자에 숨어서 주인이 위험해지면 그림자로 지킨다?

얼마나 기발한가.

하급 쉐도우는 고위급 마법사도 만들 수 있었다.

실패 확률이 매우 높고 엄청난 돈이 들어가지만 확실히 만들 만한 가치는 있었다.

하급만 해도 물리 공격은 거의 막아주는 것이 바로 쉐도우였다.

쉐도우란 마법사들에게 마법 주문을 영창하는 시간을 모두 벌어줄 수 있는 초강력 파트너인 셈이다.

쉐도우가 있으면 오히려 마법사 혼자 여행하는 것이 더욱 편하고 안전하다 여겨졌다.

그만큼 그 능력은 이미 대륙에서도 정평이 나 있었다.

그런데 그렇게 철석같이 믿고 있던 쉐도우가 거부한다고 작동을 정지하다니, 뒤통수를 강하게 한 대 맞은 것 같은 재중이었다.

'크크큭, 테라.'

—넷, 마스터.

지금의 재중은 드래곤이라고 생각한 테라는 바짝 얼어 있는 듯 목소리가 경직되어 있었다.

'넌 내 피로 인해 만들어진 쉐도우가 연아가 거부할 경우 작동을 중지한다는 것을 알고 있었으면서 왜 내게 말하지 않았지?'

아주 중요한 문제였다.

연아의 보호하는 데 있어 최후의 보루가 바로 최상급 쉐도우였다.

그런데 그 최후의 보루가 무용지물이 되어버렸다.

재중이 받은 정신적 충격은 생각 이상일 수밖에 없었다.

—우선 정확한 통계로 말씀드리면 작은 마스터의 거부로 쉐도우가 작동 중지할 가능성은 0.001%였습니다. 즉 보통 인간인 작은 마스터는 쉐도우를 거부할 힘이 없다고 저는 판단을 내렸습니다, 마스터.

'하지만 거부했군. 그리고 다쳤지.'

—그것에는… 정말 드릴 말씀이 없습니다. 어떤 벌이라

도 달게 받겠습니다, 마스터.

쉐도우의 제작부터 완성까지 모두 테라가 작업한 것이었다.

결과적으로 쉐도우가 작동하지 않은 것은 테라의 책임이 가장 크긴 했다.

그런데 지금 재중은 어째서 연아가 쉐도우를 거부했는지는 묻지 않은 상태였다.

흥분하고 충격을 받은 상태라 전혀 생각하고 있지 못한 것이다.

테라와 흑기병도 재중이 진심으로 화가 나 있자 바짝 얼어서 긴장한 상태라 묻는 말에만 대답하는 상태가 되어버렸고 말이다.

이런 와중에 재중은 뭔가 생각하는 듯 침묵했다.

당연히 분위기가 이 모양이니 흑기병도 테라도 동시에 입을 다물었다.

그리고 그렇게 이야기하는 동안 어느새 연아가 있다는 XX병원에 도착해 있었다.

재중은 느리지도 그렇다고 빠르지도 않은 걸음으로 응급실로 들어섰다.

강한 소독약 냄새가 가장 먼저 재중을 반겼다.

그리고 수많은 사람의 비명과 함께 신음 소리가 여기저

기에서 들려왔다.

응급실은 원래 이렇게 바쁜 건지 한번 물어보고 싶을 정도였다.

그만큼 의사도 환자도 간호사도 모두 정신없이 뛰어다니고 있었다.

이렇게 복잡한 곳에서 연아와 천서영을 찾는 것은 불가능했다.

재중은 어쩔 수 없이 응급실 접수하는 곳에 가서 물어보고 나서야 두 사람이 이미 개인 병실로 옮겼다는 말을 듣게 되었다.

재중은 응급실에서 발길을 돌렸다.

엘리베이터를 타고 가장 높은 층에 내리자 검은 정장 차림의 경호원 두 명이 지키고 있는 곳을 발견할 수 있었다.

그곳이 천서영과 연아가 있는 곳이라고 확신하고 천천히 걸어갔다.

"잠깐, 이곳은 함부로 들어갈 수 없는 곳입니다."

재중이 워낙에 자연스럽게 걸어와서 경호원들도 재중이 코앞까지 와서야 막아섰다.

그런데 막아선 경호원을 본 재중은 조용히 말했다.

"선우재중이 왔다고 안에 전해주세요."

"네? 아, 네. 잠시만 기다려 주세요."

안에서 선우재중이란 이름을 이야기하는 걸 얼핏 들은 적이 있는 경호원이었다.

그는 즉시 문을 열고 물어보더니 말했다.

"들어가십시오."

병실 문이 활짝 열렸다.

*　　　*　　　*

"오빠, 헤헤헤헤. 나 다쳤다? 이것 봐라~ 요기랑 요기랑 요기. 헤헤헤헤. 부딪쳐서 까졌나 봐. 그래서 우선 붕대를 감았는데 곧 풀어준다고 했어."

재중을 본 연아는 조금은 과한 리액션을 하면서 재중에게 자신이 다친 것을 조목조목 짚어가면서 이야기한다.

그러고는 양팔을 크게 흔들기 시작했다.

자신이 괜찮다는 것을 보여주듯이 말이다.

"……."

하지만 그런 연아의 말에도 재중은 조용히 연아를 쳐다보더니 천천히 다가가 덥석 안았다.

꽈악~

"오, 오빠, 왜 이래, 다 큰 성인끼리? 민망하잖아. 옆에 서영 씨도 있는데."

갑자기 재중이 자신을 끌어안자 놀란 연아가 발버둥을 쳤지만 재중을 벗어날 수는 없었다.

"혼자가 되는 줄 알았다."

멈칫.

재중이 나직하게 한마디 하자 연아는 재중의 품에서 벗어나려는 것을 멈추고는 조용히 재중을 안아주었다.

"괜찮아. 난 어디에 안 가. 알잖아. 알래스카에서도 살았던 나야."

"그래."

재중은 연아를 안고 무사하다는 것을 직접 확인했다.

두근!

처음에 그랬던 것처럼 재중의 심장이 강하게 움직이더니 이번에는 마나가 아닌 본래 인간처럼 피와 마나가 섞인 것이 재중의 몸을 돌기 시작했다.

그리고 재중의 자아도 본래의 성격으로 돌아오기 시작했다.

마치 재중의 상태가 안정되었다는 것을 스스로 알고 돌아가는 것처럼 말이다.

"아휴, 좀 떨어져! 징그러! 나이 서른네 살 노총각이 왜 이리 동생을 안고 있어. 징그럽게!!"

뭔가 분위기가 가라앉는 느낌을 받았나 보다.

연아가 일부러 좀 과하게 액션을 취하면서 재중의 품에서 떨어져 나갔다.

처음과 달리 이번에는 평소의 재중으로 돌아왔기에 굳이 힘을 주고 있지 않았기에 가능했다.

하지만 얼핏 보기에는 부끄러워서 자연스럽게 떨어진 것처럼 보였다.

"아무튼 바보팅이 오빠라니까. 그보다 난 괜찮은데, 서영 씨 좀 봐봐."

"응?"

재중은 고개를 돌려 천서영을 보았다.

천서영은 왼팔 손목부터 어깨까지 부목을 대고 깁스를 한 채 웃고 있었다.

"서영 씨가 감싸줘서 난 괜찮지만 대신 서영 씨 왼팔이 부러졌어. 그것도 세 군데나 말이야."

연아는 사고가 일어나는 그 찰나의 순간 천서영이 자신을 감싸듯 안아 든 모습이 아직도 기억에 선한지 눈물을 글썽였다.

하지만 천서영은 해맑게 웃으면서 말했다.

"연아 씨, 괜찮아요. 예전에 비하면… 이건 정말 아무것도 아니에요."

암으로 인해 하루에도 여러 번 죽을 만큼 아픈 항암제를 비롯해 여러 가지 주사를 맞으면서 끈질기게 버틴 천서영이 아닌가?

왼팔이 어깨부터 팔목까지 부러지긴 했지만, 그때의 고통에 비하면 이건 정말 별것 아닌 것이나 마찬가지였다.

최소한 왼팔이 부러졌다고 당장 내일 죽는 일은 없으니까 말이다.

약간의 불편?

천서영이 진심으로 느끼는 것은 딱 그 정도였다.

"팔 이리 줘요."

천서영이 팔을 다친 것을 본 재중이 손을 내밀자 천서영이 자연스럽게 재중에게 왼팔을 맡겼다.

파삭!! 파사삭!!

한 지 얼마 되지 않은 깁스지만 석고를 바르고 그 위에 강화 플라스틱 커버를 씌운 것이다.

그 단단하기 그지없는 깁스를 손가락으로 부숴 버리는 재중의 모습에 연아는 너무나 놀라서 할 말을 잃어버렸다.

"오, 오, 오빠, 그, 그거… 뭐, 뭐, 뭐야?"

이어 천서영을 쳐다본 연아는 그녀가 의외로 차분한 모습인 것을 발견했다.

잠시 고개를 갸웃하던 연아는 곧바로 천서영이 차분한 이유를 알아챘다.

"서영 씨는 오빠의 저런 힘 알고 있었죠? 그렇죠?"

모른다면 절대로 저런 차분한 표정이 나올 수가 없다.

확신을 갖고 물어보자 역시나 고개를 끄덕이는 천서영이다.

찌이익! 지직!!

후두두득!

마치 손으로 엿가락 부수듯 강화 커버까지 씌운 깁스를 가볍게 부숴 버린 재중이 이번에는 나노 오리하르콘을 이용해서 손가락 끝을 은침처럼 만들었다.

아무래도 연아가 보고 있기에 나름 액션을 취한 것이다.

침이라면 억지로라도 납득시킬 수 있으니 말이다.

물론 천서영이 재중의 기공술을 설명하면 어떻게든 이해가 될 듯하기도 했다.

사실 나중에 천서영을 고쳐 줘도 상관없었다.

하지만 왠지 그러기 싫은 재중이었다.

사고 순간 연아를 감쌌다는 연아의 말에 테라와 흑기병에게 물어보니 사실이라고 한다.

그리고 연아가 강하게 쉐도우를 거부한 이유가 바로 천서영이 연아를 감쌌기 때문이기도 했다.

쉐도우가 발동하는 것과 거의 동시에 천서영이 연아를 끌어안았는데 그 순간 연아가 본능적으로 어둡고 생소한 쉐도우의 기운을 느꼈다.

하지만 따뜻한 천서영과 달리 쉐도우는 어둠의 기운, 즉 차가운 기운이었다.

찰나의 순간 상반된 두 가지 기운 중에 연아가 따뜻한 천서영을 택하고 쉐도우를 본능적으로 거부하는 것은 당연했다.

그리고 생명이 오가는 절체절명의 상황이라면 거부하는 마음이 당연히 강할 수밖에 없었고 말이다.

하지만 덕분에 쉐도우의 치명적인 약점도 알게 된 재중이었다.

만약 연아가 그냥 쉐도우를 거부했다면, 천서영이 연아를 감싸주지 않았다면 연아도 팔이 부러졌을지도 몰랐다.

최악의 경우 목이 부러질 수도 있었다.

정말 운이 없으면 발목까지 오는 시냇물에도 익사하는 사람이 있는 것이 세상이다.

절대적인 안전은 없었다.

아무튼 재중은 태어나 처음이다.

누군가에게 이토록 고마운 마음이 든 것이 말이다.

그리고 고마운 사람에게 시간을 두고 일부러 요령을 피운다는 것은 재중의 입장에서는 대단한 실례이기도 했다.

그렇기에 연아가 보고 있긴 하지만 대뜸 치료를 시작한

것이다.

꾹.

재중이 만든 은침을 어깨와 팔목, 그리고 팔뚝에 꽂아 넣었다.

그러자 이미 재중이 명령을 내려둔 나노 오리하르콘이 순식간에 퍼지면서 천서영의 부서진 뼈와 혈관, 그리고 근육을 빠르게 수리하기 시작했다.

잠시 뒤, 재중이 침을 뽑았다.

불과 1분 남짓 치료했을까?

그런데 기적 같은 일이 일어났다.

"괜찮네요. 고마워요, 재중 씨."

무려 세 군데나 부러진 중상이었다.

거기다 팔뚝은 인대까지 상해서 최소 12주라고 한 상처가 아닌가?

그런데 재중의 침 한 번에 부러진 팔을 즉석에서 휘두르며 마음대로 움직이는 천서영이다.

그 모습을 본 연아는 할 말을 잃어버렸다.

"오, 오빠, 이거… 나 꿈 아니지?"

"응, 아니야. 그리고 너도 붕대 풀어봐."

"응?"

연아는 재중의 말에 거의 무의식적으로 붕대를 풀었다.

그리고 상처를 치료하기 위해서 붙여놓은 밴드와 면봉을 벗겨냈는데,

“허억! 이, 이게…….”

놀랍게도 연아의 찰과상이 모두 감쪽같이 사라진 것이다.

최소한 흉터는 한동안 남을 상처였는데 그것조차 완전히 사라져 버렸다.

천서영을 치료할 때와 같은 요식행위도 하지 않았다.

연아를 안고 있는 동안 나노 오리하르콘을 보내 바로 순간적으로 치료를 해버린 것이다.

“오, 오빠, 이게 어떻게 된 거야? 상처를 치료하다니. 거기다 부러진 팔을 침 한 방에 고치다니. 이건 난 들어본 적도 없는 치료법이야. 오빠 혹시 외계인이야?”

씨익~

재중은 무슨 외계인 보는 듯하는 연아의 모습에 살짝 웃고는 고개를 저었다.

“같이 자란 오빠가 외계인으로 보이냐? 그리고 우리는 유전자 검사까지 하지 않았어?”

“그, 그렇지! 하지만 이건 뭐야? 도대체 어떻게 이게 가능해? 허얼! 이건 해외 토픽감이다, 토픽!”

흥분해서 큰소리로 난리 치는 연아였다.

그러자 천서영이 차분하게 일어서더니 재중을 대신해서 연아에게 이야기하기 시작했다.

자신과 재중이 처음 만났을 때의 이야기부터 재중의 힘과 재중이 그 힘을 사용하면 어떤 대가를 치러야 하는지도 말이다.

"오빠!!"

이야기를 가만히 듣고 있던 연아가 기공술로 치료하면 대신 수명이 깎인다는 말에 벌떡 일어서더니 재중에게 빠르게 다가왔다.

그리고 재중의 양팔을 강하게 잡아 쥐고서 말했다.

"다시는! 다시는! 기공술로 사람 치료하지 마!! 절대로!! 알았지?"

수명이 깎인다는 말에 연아의 얼굴빛이 하얗게 질려 있었다.

재중은 살짝 양심에 찔렸지만 웃으면서 고개를 끄덕였다.

"이제 하래도 안 해. 걱정하지 마."

"알았어. 믿어볼게. 절대로 다시는 하지 마. 알았지?"

"알았으니까 걱정하지 마. 그보다 어떻게 사고가 난 거야?"

천서영의 차에 연아가 같이 타고 있었다고 한다.

요즘 피곤한 천서영을 위해서 천 회장이 운전기사까지 보내줬기에 운전 중에 실수가 있을 리는 없었다.

전문으로 운전하는 사람은 절대로 과속, 신호 위반을 하지 않는 것이 철칙이니 말이다.

거기다 상대는 천 회장의 손녀이다.

뭔가 운전 중에 실수를 할 만큼 어설픈 기사를 보내주지는 않았을 것이다.

"음, 그게, 기억이 안 나."

연아가 기억하는 건 하나뿐이었다.

그 당시 옆에서 뭐가 쿵 하고 들이박았다는 느낌이 드는 순간 천서영이 자신을 감쌌다는 것.

"저도… 우선 연아 씨를 보호해야겠다는 생각에… 주변을 살펴볼 겨를이 없었어요."

천서영도 연아를 보호하느라 정신이 없었을 테니 당연했다.

그런데 신호 대기하고 서 있었다는 말을 들은 재중이 고개를 갸웃거렸다.

옆에서 들이받았다는 말에 뭔가 이상한 느낌이 들기 시작한 것이다.

재중이 바로 테라를 불렀다.

'테라.'

—넷, 마스터!

아직 바짝 얼어 있는 테라의 목소리에 슬쩍 웃음이 나왔지만 우선 그게 급한 것이 아니었다.

'연아와 천서영 씨가 사고를 당한 당시의 영상 있어?'

—넷. 항상 작은 마스터 주위에 패밀리어가 따라가도록 지시를 해두었습니다. 그래서 당연히 사고 당시의 영상이 있습니다.

'알았다. 나중에 내가 따로 보지.'

—넷, 마스터.

여전히 바짝 얼어 있는 모습의 테라에게 재중은 속으로만 웃으며 조용히 말했다.

'테라, 흑기병.'

—네, 마스터.

—네, 마스터.

동시에 테라와 흑기병이 대답하자 재중은 택시를 타고 올 때와는 완전히 다른 목소리로 말했다.

'어쩔 수 없는 불가항력은 나도 인정해야겠지. 미안하다. 너희들에게 화를 내서 말이야. 가족이라고 말하고 정작 이럴 때는… 미안하구나.'

—아닙니다, 마스터. 저희 가디언은 마스터의 안전을 위해 존재합니다. 그리고 감사합니다.

흑기병이 재중의 사과에 상투적인 말을 하는가 싶더니 마지막에는 마음을 담아 한마디를 하고는 입을 다물었다.

그리고 테라는 훌쩍거리며 말했다.

—마스터, 무서웠어요. 너무 무서워서… 저를 버리는 줄 알았어요. 흑흑흑!

'미안하다. 너희에게 화낼 일이 아니었어. 그리고 테라에게 물어볼 말도 있으니까 나중에 이야기하자꾸나.'

—네, 마스터. 흑흑.

그동안 귀여움을 받던 테라는 갑작스런 재중의 차가운 모습에 나름 상처를 받았는지 울음을 보였다.

하지만 마음은 풀린 듯했다.

"오빠, 그럼 우리 이제 퇴원해도 돼?"

몸도 깔끔하게 완치된 상태이다.

더 이상 이곳에 있을 이유가 없었다.

"바쁘면 퇴원해도 되지만 잠시 이곳에서 더 쉬어."

"응? 왜?"

연아는 오히려 몸도 다 나았는데 왜 병원에서 쉬라고 하는지 이해가 되지 않는 듯 물었다.

"사고는 몸만 다치는 것이 아니잖아? 안 그래?"

재중이 나직하게 말하자 그제야 무슨 말을 하는지 이해한 연아였다.

미국에서는 교통사고를 당한 사람이나 교통사고를 목격한 사람도 외상 후 스트레스를 겪을 수 있다는 결정에 원한다면 정신 상담을 받을 수 있게 해주었다.

갑작스런 교통사고는 아주 짧은 순간 자신의 목숨이 한순간 사라질 수도 있다는 엄청난 공포와 스트레스를 사람의 뇌리에 기억시킨다.

지금은 몸이 완치됐기에 모르는 듯했다.

하지만 정신적인 충격은 어디서 어떤 식으로 나타날지 모른다.

그렇기에 우선은 이곳에 있으면서 정신과 상담을 받아보라고 한 것이다.

"알았어. 오빠가 하라는데 해야지."

연아는 재중의 말에 슬쩍 따르는 척하면서 갑자기 재중의 허벅지를 꼬집으려 했다.

하지만 무의식적으로 막은 재중의 팔에 막혀 버렸다.

"칫, 아깝다. 꼬집을 수 있었는데."

"왜 갑자기 멀쩡한 오빠를 꼬집니?"

재중은 연아가 이런 장난을 친 적이 없기에 살짝 당황하긴 했지만 한편으로는 왠지 기분이 좋았다.

많이 친해진 느낌을 받았으니 말이다.

"외상 후 스트레스인 듯해. 아, 외상 후 스트레스가 너무심해서 마구마구 꼬집고 싶어! 이렇게 말이야!"

갑자기 말하다가 벌떡 일어난 연아가 결국 재중을 향해 돌격했다.

결국 재중은 무려 네 번이나 꼬집히고 나서야 풀려날 수가 있었다.

물론 자동으로 반응하는 나노 오리하르콘을 제어하느라 정작 재중은 진땀을 빼야 했다.

"그럼 쉬고 있어. 난 하던 일 하러 갈 테니까."

"응. 그럼 저녁에 봐."

"그래."

연아는 어떻게든 정신과 상담을 받고 기어코 저녁에 집으로 돌아올 생각인 듯 했다.

나가는 재중을 배웅하듯 따라나선 천서영은 재중이 거의 문 앞에 다다르자 가만히 말했다.

"고마워요, 재중 씨. 고쳐 줘서."

"연아를 지켜줬으니 오히려 제가 고맙죠. 그럼 쉬어요."

"네."

그리고는 재중이 밖으로 나가자 천서영도 따라 나왔다.

엘리베이터까지 재중을 배웅하려는 듯했다.

아니면 조금이라도 재중의 곁에 있고 싶은 마음에서일지도 몰랐다.

하지만 엘리베이터는 야속하게도 버튼을 누르자마자 바로 열려 버렸다.

그날따라 엘리베이터를 이용한 사람이 재중 혼자였던 것이다.

그런데 그렇게 재중을 배웅하고 다시 병실로 들어가던 천서영의 모습을 보던 경호원이 깜짝 놀란 표정으로 외쳤다.

"아, 아가씨, 파, 팔이… 괜찮습니까?"

경호원들도 분명히 봤다.

천서영의 팔이 세 군데나 부러진 것을 말이다.

거기다 빨라 봐야 최소 12주라고 했다.

어쩌면 더 걸릴 수도 있다는 말을 들었기에 한동안 이곳에서 죽치고 서 있어야 할지도 모른다는 생각을 하던 참이었다.

지루할 게 분명한 업무에 나름 불만이 있던 경호원들은 천서영의 팔이 멀쩡한 것을 보고는 놀란 토끼눈으로 쳐다봤다.

"아, 이거… 어쩌다 보니 나아버렸어요."

"네? 그게 무슨……."

"곧 천 회장님 오실 텐데……."

천서영이 교통사고를 당했다는 말에 천 회장은 하던 일

을 멈추고 곧바로 달려오고 있는 중이다.

재중보다 멀리 있다 보니 아직 도착하지는 않았지만 말이다.

"어차피 저녁까지 여기 있을 거예요. 그러니 할아버지 오시면 알려주세요."

"네? 아, 네."

천서영은 너무나 자연스럽게 다시 병실 안으로 들어가 버렸다.

병실 문이 닫히자 경호원 둘은 서로의 얼굴을 쳐다보면서 고개를 갸웃거렸다.

"야, 너 팔 부러지고 얼마 만에 나았냐?"

옆의 녀석이 작년에 훈련하다가 팔목이 부러진 적이 있기에 물었다.

천서영도 부러진 세 군데 중에 한 곳이 팔목이기에 참고가 될 만했다.

"나? 그때 아마 11주 정도 걸렸지? 그것도 정말 뼈 잘 붙는다는 탕을 먹으면서 말이야."

"그래, 우리가 엑스레이 사진을 잘못 본 건 아니겠지?"

"나도 같이 봤잖아. 잘못 볼 리가 없지."

분명히 천서영의 팔은 최소 12주에서 최대 15주였다.

어깨 쪽에 부러진 것이 가장 고생할 것이라고 의사가 말한 것을 경호원들도 똑똑히 들었다.

그런데 병실에 올라오고 불과 한 시간도 안 돼서 멀쩡히 부러진 왼팔을 흔들고 있는 게 아닌가?

거기다 그녀는 부러졌다는 왼팔로 병실 문을 열고 닫기까지 했다.

이걸 누가 부러진 팔이라고 믿겠는가? 믿는다면 그게 더 이상했다.

띠링~

그때 문이 열리더니 천 회장이 수행비서와 경호원 두 명을 데리고 엘리베이터에서 내렸다.

척!

문 앞의 경호원 두 사람은 바짝 얼어붙은 모습으로 천 회장을 맞이했다.

"회장님 오셨습니까. 안에 아가씨와 친구분인 선우연아 씨 모두 있습니다."

"그런가? 아, 혹시 나 외에 찾아온 사람이 있나?"

천 회장은 연아라면 아주 끔찍이 생각하는 재중을 이미 잘 알고 있는 사람 중 한 명이다.

교통사고 소식을 들은 재중이 아직 나타나지 않았다는 것은 말이 안 된다는 생각에 물었다.

"네. 조금 전 선우재중이라는 청년이 다녀갔습니다."

"아, 그래? 그 친구 참 빠르구만."

천 회장이 그럼 그렇지 하며 병실 문을 열려는 차, 병실을 지키던 경호원이 천 회장에게 말했다.

"그게… 아가씨의 팔이… 멀쩡합니다, 회장님."

"응?"

순간 무슨 말인지 못 알아들은 듯 천 회장이 경호원을 쳐다보았다.

"흠흠, 그게… 병실에 올라올 때만 해도 깁스를 하고 아픈 것을 억지로 참고 계시던 아가씨였는데… 방금 선우재중이라는 청년을 배웅하고 다시 들어가는 것을 봤는데… 왼팔이 정상적으로 움직이고 계셨습니다, 회장님."

"그래? 허허헛, 역시 재중 군의 짓이구만. 허허헛, 알겠네."

경호원은 놀라지 말라는 뜻으로 천 회장에게 해준 말이었다.

그런데 오히려 천 회장은 그 말에 누가 천서영의 팔을 고쳐 주었는지 대번에 알아차린 듯했다.

세상에 부러진 팔을 단시간, 아니, 몇 분 만에 치료할 수 있는 사람은 천 회장이 알고 있는 모든 사람을 통틀어 봐도 선우재중 오직 한 명뿐이었으니 말이다.

암세포도 모두 잡아 죽여 버리는 능력을 가졌는데 부러

진 뼈 붙이는 것쯤은 오히려 식은 죽 먹기이리라 생각하는 천 회장이었다.

*　　　*　　　*

"이게 그 영상이지?"

—네, 마스터.

킬러들 때문에 우연히 알게 된 곳이지만, 조용하고 전망도 좋아서 재중은 테라와 이야기를 나눌 때 이곳에 자주 오는 편이다.

지금도 이곳에 와서 테라가 만들어낸 패밀리어가 찍은 영상을 마법 이미지로 보고 있는 중이다.

쾅!!

그런데 대략 5분짜리 영상을 보고 난 재중의 표정이 한순간 굳어졌다.

재중이 나직하게 한마디 했다.

"계획적인 사고였군."

신호 대기하고 서 있는 차였다.

그것도 4차선 도로 중 3차선에 서서 신호 대기하고 있는 차의 옆면을 트럭이 와서 들이받는다는 것은 말도 안 되는 일이 분명했다.

4차선에서 오른쪽으로 갈 것 같던 트럭이었다.
그런데 갑자기 핸들을 왼쪽으로 틀더니 마치 노린 듯 연아와 천서영이 타고 있는 뒷자리를 그대로 들이박는다.
그러면서 그녀들이 탄 차 위로 타고 넘어가 커다란 몸통으로 내리눌러 버렸다.
최소한 사망이다.
저건 누가 봐도 뒷자리에 앉은 사람이 무조건 사망할 수밖에 없었다.
무려 5톤짜리 트럭이다. 그것도 짐을 싣고 있었다.
아무리 고급 자가용이라고 하지만 위에서 저렇게 내리눌러 버리면 대책이 없다.
그런데 연아는 찰과상, 천서영은 왼팔이 부러진 것이 전부였다.
상식적으로 이해가 가지 않는 상황이지만, 재중은 한 가지 짐작 가는 게 있었다.
재중이 영상을 보고는 나직이 흑기병을 불렀다.
"괜찮니?"
―네, 마스터. 저는 아시다시피 몸이 아만티움입니다. 제 갑옷에 스크래치라도 낼 수 있는 금속은 과거에도 미래에도 마스터의 오리하르콘뿐입니다.
"수고했다. 그리고 고맙다. 지켜줘서."

재중이 평소의 모습을 돌아온 것이 확실해 보이자 흑기병이 그제야 천천히 일어나 고개를 숙이며 인사했다.

그리고는 다시 조용히 재중의 그림자 속으로 들어갔다.

"테라."

하지만 흑기병이 사라진 다음, 재중의 표정은 무섭도록 차갑게 변해 있다.

물론 이번에는 테라도 표정이 시리도록 차갑게 변한 것이 조금 다르지만 말이다.

—네, 마스터.

"저 트럭 기사는 어디에 있지?"

—지금 경찰서에 있어요, 마스터.

"경찰서? 바로 체포된 건가?"

—네. 저 영상을 보면 아시겠지만, 트럭 기사가 작은 마스터와 천서영 씨의 차에 올라타고 난 뒤에 차에서 내리자마자 바로 전화를 걸었어요. 그런데 119가 아니라 112를 불렀다는 것이 확실히 의심스럽네요, 마스터.

씨익~

"112라……. 한마디로 천서영과 연아가 죽는다는 것을 확정 짓고 전화를 했다는 거군. 구할 생각조차 하지 않는 것만 봐도 그렇고."

—영상도 그렇고 모든 상황이 사고를 위장한 계획적인

살해 시도인 것은 확실해요, 마스터.

"크크크큭, 크크큭."

재중이 조용히 입술을 쪼개면서 나직하게 웃기 시작했다.

"어떤 놈일까? 크크큭, 아니면 어떤 년일까? 크크크큭, 아주 기대가 돼. 그리고 간만에 날뛰고 싶은 기분이야. 크크크큭……."

나직하지만 웃음 속에 살기가 스며들어 있었다.

재중의 웃음이 지나간 자리의 풀들이 노랗게 말라 죽기 시작했다.

그런 재중의 모습을 옆에서 지켜본 테라가 마른침을 꿀꺽 삼켰다.

—마스터께서 정말… 진심으로 화가 나셨네. 애고, 난리 나는 거 아니야, 이러다가?

1차 각성으로 해츨링 정도의 능력만 가지고 있던 당시의 재중도 진심으로 화를 내면 거의 그냥 지켜봐야만 했다.

말리는 것은 애당초 포기할 정도였다.

진심으로 화가 난 재중의 파괴력은 그만큼 상상을 초월했으니 말이다.

대륙에서도 딱 한 번 재중이 진심으로 화를 낸 적이 있었다.

인간 귀족 중의 하나가 드래고니안 편에 붙어서 재중에 대한 정보를 팔아넘겼고, 그걸 재중이 알게 되었다.

인간이 인간을 배신하다니, 그것도 드래고니안의 편에 붙어서 그런 짓을 했다는 것이다.

지금처럼 낮게 살기가 스며든 웃음을 짓던 재중은 그날 저녁 조용히 사라져 버렸다.

그리고 다음 날, 재중에 대한 정보를 팔아넘긴 귀족의 요새 같은 성이 통째로 사라져 버렸다.

아무도 그날 폭음이나 싸우는 소리 한번 듣지 않았다고 했었다.

재중은 그냥 배신자의 요새를 통째로 세상에서 지워 버렸다.

아주 깔끔하게 말이다.

그리고 그 이후로 절대로 재중에 대한 정보를 파는 녀석이 나오지 않았다.

확실히 본보기는 된 셈이었다.

그런데 문제는 그때 그 웃음이 지금 테라의 눈앞에 재현되었다는 것이다.

—마, 마스터?

"응?"

—우선 트럭 기사의 경찰 조사가 끝나면 제가 빼내 올게

요. 그리고 그 녀석을 통해 확실하게 찾아봐요. 네? 대신 그 전에는 움직이시면 안 돼요, 마스터.

혹시라도 재중이 폭주해서 지금 당장 도시로 가서 날뛰는 일이 벌어져서는 안 된다.

그 도시는 얼마 버티지 못하고 불과 몇 분 만에 폐허가 되어버릴 것이다.

아니, 아예 세상에서 사라져 버릴지도 몰랐다.

성룡이 된 재중의 진짜 힘은 드래곤의 마도서인 테라도 감히 짐작할 수 없었다.

"테라, 내가 폭주할까 봐 걱정되는 거냐?"

—헤헤헤, 그게… 아무래도 한 번 마스터께서… 저지른 적이 있어서…….

"훗, 걱정 마라. 이곳에서는 그렇게 하지 않을 테니까. 그리고 그때처럼 정신적으로 불안정하지도 않고."

—네, 마스터.

"그보다 트럭 기사를 얼른 끌고 와. 물어볼 말이 아주 많아. 크크크크큭, 크크크큭."

재중은 스스로 정신적으로 불안정하지 않다고 말했다.

하지만 말이 끝날 때마다 저렇게 웃음에 살기를 실어 흘리고 있었다.

주변의 풀과 나무가 말라 죽어나가고 있으니 아무리 테

라라도 마음을 놓을 수가 없었다.

하지만 우선 트럭 기사는 끌고 와야 했다.

그래야 계획적으로 천서영과 연아를 죽이려고 한 녀석이 누구인지 찾을 수 있었다.

『재중 귀환록』 11권에 계속…